MOEWIG BEI Ullstein

ZUM BUCH:

Nur widerwillig begleitet die junge Sita ihren Vormund, Sir Harvey Arran, nach Indien, denn sie fürchtet seine Strenge und Grausamkeit. Als er sie während der Überfahrt brutal schlägt, versucht Sita, sich das Leben zu nehmen. In letzter Minute wird sie von einem geheimnisvollen Inder gerettet. Er ermutigt sie, ihrer Namensgeberin, der indischen Göttin Sita, nachzueifern, die nicht nur schön, sondern auch klug und mutig ist. Als Sita in Hyderabad in große Gefahr gerät, tritt ihr geheimnisvoller Beschützer wiederum für sie ein. Wer ist dieser Mann? Wird sie ihn wiedersehen?

ZUR AUTORIN:

Barbara Cartland stammt mütterlicherseits aus einem alten englischen Adelsgeschlecht und ist in direkter Linie mit den Herzögen von Hamilton verwandt. Mit 21 Jahren schrieb sie ihren ersten Roman. Heute zählt die noch immer unternehmungslustige Dame, die das neunzigste Lebensjahr bereits überschritten hat, zu den erfolgreichsten Schriftstellerinnen der Welt, deren Bücher in fast alle Kultursprachen übersetzt wurden. 1990 verlieh ihr Queen Elizabeth II. den Titel Dame Barbara Cartland.

BARBARA CARTLAND

Indischer Liebeszauber

Roman

MOEWIG BEI Ullstein

Moewig bei Ullstein
Englischer Originaltitel:
Love on the Wind
Übersetzt von Dr. Ingrid Rothmann

Ungekürzte Ausgabe

Umschlaggestaltung:
Theodor Bayer-Eynck
Illustration:
John Ennis
c/o Agentur Thomas Schlück

Printed in Germany 1995
Druck und Verarbeitung:
Ebner Ulm
ISBN 3 8118 2884 3

Juni 1995
Gedruckt auf alterungsbeständigem
Papier mit chlorfrei
gebleichtem Zellstoff

Die Deutsche Bibliothek – CIP-Einheitsaufnahme

Cartland, Barbara:
Indischer Liebeszauber : Roman / Barbara Cartland.
[Übers. von Ingrid Rothmann]. – Ungekürzte Ausg. –
Rastatt : Moewig bei Ullstein, 1995
ISBN 3-8118-2884-3

1883

1

1883

Die weibliche Gestalt, die verstohlen über Deck huschte, war in ein weites Gewand gehüllt, wie es die Muslime bevorzugten.

Sie bewegte sich langsam und vorsichtig, um den auf dem Boden ausgestreckt liegenden Schläfern auszuweichen.

Seitdem das Schiff den Sueskanal verlassen hatte und ins Rote Meer eingelaufen war, herrschte eine geradezu lähmende schwüle Hitze, die bewirkte, daß viele Zwischendeckpassagiere ihren überfüllten und stickigen Quartieren entflohen waren und die Nacht lieber unter freiem Himmel verbrachten.

Abgesehen von den wenigen, die auf der Brücke oder im Maschinenraum Dienst taten, lag jetzt, um zwei Uhr morgens, alles in tiefem Schlaf.

Lautlos erreichte die Frau die Reling am Heck des Schiffes. Unter ihr lag das schäumende Kielwasser.

Der Sternenhimmel spiegelte sich im phosphoreszierenden Wasser, so daß Firmament und Wasser eins zu werden schienen.

Die Frau umklammerte die Reling und starrte ins Leere.

Da völlige Windstille herrschte, hing die britische Flagge schlaff von der Fahnenstange herunter. Die Luft war drückend und bar allen Lebens.

Plötzlich raffte die Frau ihr Gewand enger um sich und atmete tief ein, als habe sie sich zu einem Entschluß durchgerungen. Sie setzte einen Fuß auf die unterste Querstange, wie um sich hinüberzuschwingen.

In diesem Augenblick hörte sie hinter sich eine leise Stimme.

»Was Sie vorhaben, halte ich für einen großen Fehler.«

Sie schrie unterdrückt auf und drehte sich erschrocken um. Hinter ihr stand ein Mann, der mit seinem Turban und seiner armseligen, auf eine niedere Kaste hindeutenden Kleidung wie ein Inder aussah.

Wortlos starrte sie ihn an. Das Sternenlicht ließ ihn die Angst in ihren Augen und das Beben ihrer Lippen erkennen.

»Ihr Vorhaben ist sehr töricht«, fuhr er leise fort. »Das Leben ist ein überaus kostbares Gut.«

»Nicht . . . für mich«, entschlüpfte es der Frau unwillkürlich. Hastig setzte sie hinzu: »Bitte, gehen Sie . . . es ist meine Angelegenheit.«

»Ich werde nicht gehen, und ich verspüre auch nicht den Wunsch, den Helden zu spielen und Sie zu retten.«

»Ich . . . ich möchte gar nicht gerettet werden.«

»Leider ist es aber so, daß ich mich zu Ihrer Rettung verpflichtet fühlen würde. Das brächte unweigerlich ein gewisses Aufsehen mit sich und würde die Fahrt verzögern.«

Sie wandte sich ab und umfaßte abermals die Reling. »Es . . . es handelt sich um mein Leben«, sagte sie wie im Selbstgespräch.

»Das Leben ist der kostbarste Besitz eines Menschen.

Es grundlos wegzuwerfen ist das Dümmste, was man machen kann.«

»Grundlos!« rief sie schluchzend aus.

Damit war es um ihre Beherrschung endgültig geschehen: Sie ließ ihren Tränen freien Lauf. Ihr Körper verlor alle Spannkraft, so daß es aussah, als würde sie jeden Moment zusammenbrechen.

Ohne ein weiteres Wort hob der Mann sie hoch und trug sie den Weg zurück, den sie gekommen war. Nach einem ersten Schaudern der Abwehr legte sie den Kopf auf seine Schulter, und er spürte, wie der Aufruhr der Tränen ihren ganzen Körper zittern ließ.

Sie war zart und sehr leicht.

Er trug sie ins Schiffsinnere, einen trübe erhellten Gang entlang, dann eine Treppe hinauf, auf ein anderes Deck. Hier war die Luft weniger drückend, und die Beleuchtung war nicht so spärlich.

Zielstrebig ging er einen langen Korridor entlang, vorbei an vielen Kabinen. Am Ende des Ganges befand sich ein kleines Schreibzimmer. Es war leer, nur eine einzige Lampe brannte.

Behutsam setzte er sie in einen Sessel. Als sie die Hände vors Gesicht schlug, rutschte das Gewand, das auch ihren Kopf bedeckt hatte, herunter. Er sah nun, daß sie sehr helles Haar hatte. Daß sie blutjung war, hatte er bereits im Sternenlicht erkannt.

Wortlos setzte er sich ihr gegenüber.

Nach einigen Sekunden nahm das Mädchen die Hände vom Gesicht und fragte: »Weshalb mußten Sie sich einmischen?« Sie hatte ihren ganzen Zorn in diese Frage legen wollen, doch nun kamen ihre Worte stockend und ein wenig atemlos.

»Sagen Sie mir lieber, weshalb Sie etwas so Schreckliches tun wollten!« konterte er mit einer Gegenfrage.

Sie hob ihm ihr tränennasses Gesicht entgegen. »Ich möchte . . . sterben!«

»Und warum auf so dramatische Weise?«

»Eine andere Möglichkeit wollte mir nicht einfallen.« Sie wischte sich mit dem Handrücken die Tränen ab und fuhr leise fort: »Ich habe es mir genau überlegt . . . so kann ich nicht weiterleben . . . ganz unmöglich.«

»Nichts ist wirklich unmöglich«, erwiderte der Mann. »Mag es im Moment auch noch so finster aussehen, es gibt immer einen Lichtblick.«

»Nicht für mich.«

»Wie können Sie dessen so sicher sein?« fragte er. »Kein Mensch kann in die Zukunft sehen. Wenn man es am wenigsten erwartet, begegnet man hinter der nächsten Ecke etwas Aufregendem und Wunderschönem.«

Sie schüttelte den Kopf. Dabei glitt ihr Gewand noch ein Stück tiefer. Er sah, daß ihr blondes Haar, das locker ihre Schultern umspielte, sehr lang war.

Sie legte die Hände in den Schoß und saß zusammengesunken in ihrem Sessel — ein Abbild der Verzweiflung.

»Warum sagen Sie mir nicht, was Sie zu diesem verzweifelten Schritt trieb?« fragte er. »Wer weiß, vielleicht können wir gemeinsam eine Lösung finden.«

Wieder blickte sie ihn an — wie von der Frage bewegt, ob sie ihm wohl trauen könne.

Als sie seine dunklen Augen unter den geraden Brauen

sah, seinen von Entschlossenheit kündenden Mund und das markante Kinn, rief sie überrascht: »Ich habe Sie doch schon einmal gesehen!«

»Wo war das?« fragte er mit einer gewissen Schärfe.

»In Southampton.«

Er war ihr im Abschiedstrubel am Kai kurz vor Auslaufen des Schiffes aufgefallen.

Wahre Berge an Gepäck waren noch im letzten Moment an Bord geschafft worden, Freunde und Angehörige verabschiedeten sich voneinander, manche lachend, andere unter Tränen. Es gab ein Durcheinander von Zaungästen, Bettlern, Arbeitern, Seeleuten und — da das Ziel des Schiffes der Ferne Osten war — etlichen Soldaten.

Auf den Gangways drängten sich die Menschen, die an Bord wollten, während gleichzeitig andere das Schiff verließen, dessen Maschinen bereits arbeiteten.

In diesem Moment hatte sie einen Mann in der Menge erspäht, der aussah wie ein Inder. Er schien es nicht eilig zu haben und strahlte eine eigentümliche Selbstsicherheit aus.

Er benutzte die zum untersten Deck führende Gangway und war der letzte, der an Bord gelangte, ehe die Gangway entfernt und die Reling wieder vorgeschoben wurde.

Zuerst war sie der Meinung gewesen, er habe großes Glück gehabt, das Schiff gerade noch erwischt zu haben, doch dann hatte sie aus seiner Haltung geschlossen, daß ihm ein solcher Fehler nie unterlaufen wäre. Im Gegenteil: Er machte den Eindruck, als würde er stets bekommen, was er wollte.

Sie schaute ihn immer noch an und bemerkte, daß er die Stirn runzelte. Zugleich fiel ihr der sonderbare Umstand auf, daß er trotz seines indischen Turbans ein fehlerfreies Englisch sprach. Und sie war immer der Meinung gewesen, alle Inder sprächen mit einem unverkennbaren Akzent und einem gewissen singenden Tonfall!

Als wüßte er genau, was ihr durch den Kopf ging, sagte er nach einer Weile: »Ich möchte einen Pakt mit Ihnen schließen.«

Da sie nicht antwortete, fuhr er mit einem kleinen Lächeln fort:

»Ich will vergessen, was Sie tun wollten, und Sie werden vergessen, daß Sie mich in Southampton gesehen haben.«

»Warum sollte ich das?«

»Gewiß liegt es nicht in Ihrem Interesse, wenn ich Ihrer Begleitung — wer immer das sein mag — davon Mitteilung mache, auf welch unkonventionelle Weise Sie von Bord gehen wollten.«

Seine Worte schienen sie in große Angst zu versetzen, denn sie stieß einen verhaltenen Entsetzensschrei aus: »Nein . . . natürlich nicht! Wenn Sie meinem Onkel auch nur ein Sterbenswörtchen verraten, wird er außer sich geraten. Er wird mich . . .«

Abrupt hielt sie mitten im Satz inne. Der Mann sah nicht nur die Angst in ihrem Blick, er bemerkte jetzt auch ein rotes Mal auf ihrer Wange, das sich von der Blässe ihrer Haut deutlich abhob.

»Wer hat Sie geschlagen?« fragte er leise.

Sie faßte nach ihrer Wange und senkte den Blick, so

daß sich auf ihren Wangen dunkel die Wimpern abzeichneten.

Verwirrt schwieg sie zunächst, doch dann murmelte sie: »Wieso können Sie nicht begreifen . . . daß ich so nicht weiterleben kann? Ich . . . ich ertrage es einfach nicht mehr. Heute hat er mich mit einem Lineal . . . und ich . . . ich bin ein Feigling.« Tränen schossen ihr in die Augen.

Der Mann beugte sich entsetzt zu ihr hinunter. »Warum fangen wir nicht von vorne an, und Sie sagen mir endlich, wie Sie heißen?« Er schaute sie abwartend an. »Wenn Sie es mir nicht verraten wollen, dann frage ich einfach den Zahlmeister.«

»Nein, das dürfen Sie auf keinen Fall! Er könnte es Onkel Harvey sagen.«

Der Mann erstarrte. »Soll das heißen, daß Sir Harvey Arran Ihr Onkel ist?«

»Sie kennen ihn? Versprechen Sie mir . . . versprechen Sie mir, daß Sie ihm nichts verraten! Er würde außer sich geraten und im Zorn . . .«

Sie hielt inne, worauf der Fremde voller Ingrimm wie im Selbstgespräch feststellte:

»Er schlägt Sie!«

»Er ist oft sehr mißlaunig . . . die langen Jahre in Indien haben ihn so werden lassen. Seine Leber muß wohl arg gelitten haben . . . und außerdem haßt er mich.«

»Warum sollte er Sie hassen?«

»Weil ich seit dem Tod meiner Eltern gezwungen bin, bei ihm zu leben und für ihn eine Belastung darstelle, wie er sich auszudrücken pflegt.«

»Gibt es denn keine anderen Angehörigen, an die Sie sich wenden könnten?«

»Nun ja . . . da wären noch Papas Cousinen . . . die würden mich vielleicht aufnehmen, aber inzwischen hat Onkel Harvey entdeckt, wie nützlich ich ihm bin.«

»Wie das?«

»Ich schreibe die Reinschrift des Buches, an dem er arbeitet . . . und genau das ist es auch, was ihn immer wieder so aufregt.«

»Aus welchem Grund?«

»Seine Handschrift läßt sich nur mühsam entziffern, und zudem ist die Schreibweise einiger Wörter auf Urdu oder Hindi sehr kompliziert. Unterläuft mir ein Fehler, dann bekommt Onkel Harvey einen Wutanfall.«

Der Mann kniff die Lippen zusammen. »Weil Sie ihm nützlich sind, hat er Sie nach Indien mitgenommen«, sagte er nach kurzem Überlegen.

»So ist es. Ich verspüre nicht den geringsten Wunsch, mit ihm irgendwohin zu fahren, aber er wollte nicht erlauben, daß ich zu Hause bleibe, obwohl ich ihn inständig darum bat.«

Schweigen trat ein. Schließlich fragte der Mann: »Wie lautet Ihr Vorname?«

»Sita.«

Er zog erstaunt die Brauen hoch. »Ein indischer Name. Sicher wissen Sie, daß Sie nach einer Göttin benannt wurden, die stolz, rein und tapfer war.«

»Nun, dann war es wohl ein Irrtum, mich nach ihr zu benennen, da es nichts gibt, worauf ich stolz sein könnte . . . und da ich feige bin, wie ich bereits sagte.«

»Trotz allem sollten Sie versuchen, Ihrem Namen Ehre zu machen. Aber Sie haben mir noch nicht verraten, weshalb man Ihnen diesen Namen gab.«

»Ich wurde in Indien geboren, mein Vater war bei der Bengalischen Leichten Brigade.«

»Dann werden Sie sich bei der Ankunft in Indien wie zu Hause fühlen.«

»Das glaube ich nicht!«

»Doch, es ist die Wahrheit. Sie werden sehen. Warten Sie, bis Sie Hyderabad erreichen.«

»Woher wissen Sie, daß mein Onkel nach Hyderabad will?«

Anstatt ihre Frage zu beantworten, sagte er: »Sie haben mir noch nicht versprochen, zu vergessen, daß Sie mich in Southampton gesehen haben. Auch dürfen Sie nicht verraten, daß wir uns schon einmal begegnet sind, wenn wir uns wiedersehen.«

Erstaunt sah sie ihn an. »Wir werden uns wiedersehen?«

»Das will ich doch hoffen. Und wenn wir uns wiedersehen, Sita, dann sollen Sie glücklich lächeln und aussehen wie die Göttin, deren Namen Sie tragen.«

»Das ist . . . ganz ausgeschlossen.«

»Sie werden sehen, daß Sie sich irren. Aber inzwischen müssen Sie mir noch ein anderes Versprechen geben.«

Das klang so ernst, daß sie ein wenig widerstrebend fragte: »Was denn?«

»Daß Sie unter keinen Umständen wieder etwas so Törichtes und Böses versuchen wie heute.«

»Warum sollte es böse sein? Ich wurde nicht gefragt, als

ich in die Welt gesetzt wurde, also geht es auch niemanden etwas an, wenn ich mich entschließe, diese Welt zu verlassen.«

»Ich kann mir nicht denken, daß Ihr Vater, wäre er noch am Leben, diese Meinung teilen würde.«

»Papa wohl nicht . . . aber vielleicht würde Mama Verständnis für mich aufbringen.«

»Keiner der beiden würde gutheißen, daß Sie, die in Indien geboren wurden und den Namen einer der ranghöchsten Göttinnen tragen, den Versuch unternommen haben, Ihrem Karma zu entfliehen.«

Sita richtete sich auf und sah ihn aufmerksam an. »Warum glauben Sie, daß es mein Karma sei, dieses jämmerliche Leben mit Onkel Harvey noch länger zu erdulden? Wären meine Eltern nicht beim Segeln ertrunken, dann wäre ich jetzt bei ihnen . . . und wenn ich sterbe, werde ich wieder bei ihnen sein.«

»Das weiß man nicht«, sagte ihr Gegenüber ruhig. »Sicher ist nur, daß man wiedergeboren wird, wenn man seinen Körper, der sehr kostbar ist, wegwirft. Sie würden also wiedergeboren und müßten alle Mühsal und Pein, die Sie jetzt erdulden, von neuem, vielleicht noch schlimmer, durchleben.«

»Was meinen Sie damit? Sprechen Sie von der Reinkarnation, der ewigen Wiedergeburt?«

Der Mann nickte ernst. »Sie werden feststellen, daß dieses Wissen in Indien Allgemeingut ist, eine Wahrheit, die so greifbar scheint, daß Sie sich wundern werden, je daran gezweifelt zu haben.«

»Das glaube ich nicht!«

»Jede Wette, daß Sie mir eines Tages recht geben werden.«

»Ich besitze nichts, das ich verwetten könnte«, sagte Sita. »Onkel Harvey gibt mir kein Geld.«

Bei diesen Worten dachte sie daran, wie sie ihn fast auf Knien angefleht hatte, ihr ein wenig von ihrem eigenen Geld zu geben, damit sie sich für die Indienreise einkleiden konnte.

»Onkel Harvey, in Indien ist es sehr heiß«, hatte sie vorgebracht, »und ich habe nichts anzuziehen. In den Sachen, die ich habe, werde ich es nicht aushalten.«

»Das bißchen Geld, das dein kurzsichtiger Vater dir nach seinem Tod hinterließ, soll als Sicherung deiner Zukunft dienen«, lautete die Antwort ihres Onkels. »Ich werde nicht ewig leben und habe auch nicht die Absicht, dir etwas von meinem sauer verdienten Geld zu vermachen.«

Er musterte sie verächtlich. »Du wirst auf eigenen Füßen stehen müssen, falls sich niemand findet, der dich heiratet . . . was ich für sehr wahrscheinlich halte. Was ich auf der Bank für dich angelegt habe, wird dich zumindest vor dem Hungertod bewahren.«

Das alles hatte Sita schon oft zu hören bekommen, doch es schmerzte sie jedes Mal aufs neue, daß ihr Onkel von ihrem Vater mit so großer Geringschätzung sprach, als habe dieser es absichtlich versäumt, ein Vermögen anzuhäufen.

Ihr Vater hatte kurz nach seiner Heirat seinen Abschied von der Armee genommen, weil er sich ein Leben als Offizier nicht mehr leisten konnte, und war nach England zurückgekehrt, um das kleine Landgut, das ihrer Mutter gehörte, zu bewirtschaften.

Daß sich seine Bemühungen als Fehlschlag erwiesen hatten, war nicht seine Schuld.

Es fehlte ihm an Startkapital und an Erfahrung, und der seit Jahren brachgelegene Boden hatte keine Erträge geliefert.

Dennoch waren sie in dem kleinen Gutshaus unweit des Dörfchens, in dem man ihrem Vater achtungsvoll als Gutsherr begegnete, sehr glücklich gewesen. Da Raymond Arran seine Frau über alles liebte, dachte er nur selten an sein Regiment und die Freunde, die er in Indien zurückgelassen hatte.

Trotz der ständigen Geldknappheit hatte er es verstanden, sein Leben zu genießen. Er hatte an den örtlichen Querfeldeinrennen teilgenommen und günstig erworbene Pferde zugeritten, mit denen er und seine Frau dann an den Jagden im Winter teilnahmen. Gelegentlich fuhren sie nach London und leisteten sich für zwei Wochen ein großzügiges und ausgelassenes Leben, so als drückten sie keinerlei Geldsorgen. Nach ihrer Rückkehr versuchten sie stets durch Sparsamkeit ihre Ausgaben wieder hereinzubringen.

Das kleine Gutshaus war von Heiterkeit und Liebe erfüllt gewesen, doch erst als Sita das in einem Londoner Vorort gelegene gruftartige Haus ihres Onkels kennenlernte, wußte sie, was sie verloren hatte.

Allmählich gelangte Sita zu der Auffassung, ihr Onkel behandele alle Menschen wie Verbrecher, weil er in Indien jahrelang das Richteramt ausgeübt hatte. Seine Haltung ihr gegenüber ließ sich beim besten Willen nicht anders erklären.

Darüber hinaus war er ein Frauenhasser, der in seiner Nähe kein weibliches Wesen dulden wollte.

Erst als er entdeckte, daß er sich Sitas Intelligenz zunutze machen konnte, ließ er sich dazu herab, bei Tisch zuweilen das Wort an sie zu richten. Schließlich verlangte er, daß sie für ihn arbeitete, doch jeder Fehler, der ihr unterlief, brachte ihn zur Raserei. Erst hatte er sie nur angebrüllt, dann heftig geschüttelt und am Ende geschlagen.

Da ihre Eltern nicht ein einziges Mal die Hand gegen sie erhoben hatten, konnte Sita es zunächst kaum fassen. Allmählich wurde ihr klar, daß seine Wut sich nicht allein gegen sie richtete, sondern gegen sein eigenes Schicksal. Er war wütend und frustriert, weil sein Alter ihn daran hinderte, ein Leben zu führen wie in Indien, wo er ein hohes Ansehen genossen hatte.

Weil er zwanzig Jahre lang in Indien gelebt hatte, besaß er in England nur wenige Freunde, und die, die er hatte, fanden ihn furchtbar langweilig.

So kam es nicht von ungefähr, daß Sir Harvey Arran, der sich einsam und ausgestoßen fühlte, Haß auf sein Leben entwickelte und diesen Haß an einem wehrlosen Opfer abreagierte. Und dieses Opfer war Sita, die unter seinem Zorn verging wie eine Blume ohne Sonne.

Als der Brief eintraf, in dem Sir Harvey gebeten wurde, nach Hyderabad, dem Ort seines früheren Wirkens, zu kommen und den Nizam in einer sehr komplizierten rechtlichen Angelegenheit zu beraten, war er hocherfreut.

»Ich wußte ja, daß man ohne mich nicht auskommt«,

sagte er. »Ich wußte, daß man mich wieder brauchen wird. In der gesamten Provinz gibt es niemanden, der über meinen Verstand oder meine juristischen Kenntnisse verfügt.«

Zwei Tage lang wirkte er verjüngt und beinahe menschlich. Er wählte die Bücher aus, die er mitzunehmen gedachte, und seine Diener machten sich daran, die Tropenkleidung hervorzuholen, die seit seiner Rückkehr sorgsam verstaut gewesen war.

Irgendwann fragte Sita voller Nervosität: »Soll ich hierbleiben, Onkel Harvey . . . während du in Indien bist?«

Ihr Onkel starrte sie an, als fiele ihm erst jetzt ihre Existenz wieder ein. »Natürlich . . . wohin solltest du wohl gehen?«

Dann dachte er daran, daß sie ihm bei seinem Buch half und seit einem Jahr seine Korrespondenz erledigte. Es war nützlicher und einfacher, Sita mitzunehmen, als mit einer Fremden von vorne zu beginnen.

»Nein, du kommst mit! So kannst du dir weiterhin etwas verdienen und mich für die Unkosten entschädigen, die du mir Tag für Tag bescherst«, knurrte er also.

Da sie gehofft hatte, wenigstens für eine Zeitlang seiner ständigen Nörgelei und seinen Schlägen zu entgehen, wurde sie von Verzweiflung erfaßt.

Zwar hatte sie zuweilen den Wunsch verspürt, Indien kennenzulernen, da ihr Vater dieses Land in glühenden Farben geschildert hatte. Ihre Eltern hatten sich dort kennengelernt, als ihre Mutter einen Onkel besuchte, der Gouverneur der Nordwestprovinz war. Doch Sita wußte, daß jede Reise mit ihrem Onkel einer Reise in die Hölle gleichkäme, und da sie einen optimistischen Augenblick lang gehofft hatte, sie würde allein in England bleiben dürfen, traf die Enttäuschung sie wie ein körperlicher Schmerz.

Es war ein Schmerz, der mit jedem Tag heftiger wurde, denn auch seine Schläge fielen heftiger aus, weil ihn die bevorstehende Reise in Nervosität versetzte und er bei jedem ihrer Fehler bei der Korrespondenz oder beim Abschreiben seines Buches in Raserei verfiel.

Während der Reise wurde es noch schlimmer.

Ihr Onkel hatte sie in einer der billigsten Kabinen der Ersten Klasse untergebracht, wie sie feststellen mußte, als sie an Bord gingen. Die Kabine, die nicht größer war als ein Einbauschrank und für den Diener oder die Zofe eines Erste-Klasse-Passagiers gedacht war, lag innen und hatte kein Fenster. Beim Betreten hatte Sita unweigerlich das Gefühl, eine Gruft zu betreten.

Die Beleuchtung war höchst unzulänglich, da Sita aber keinesfalls in der Kabine ihres Onkels arbeiten wollte, war sie gezwungen, bei diesem elenden Licht zu schreiben, das ihr Augenschmerzen bereitete. Mochte sie auch bis spät in die Nacht arbeiten, nie war ihr Onkel am nächsten morgen mit dem erledigten Pensum zufrieden.

»Weißt du, was du mich auf dieser Reise kostest?« herrschte er sie an. »Wenn wir nach Indien kommen, muß das Manuskript fertig sein. Wenn nicht, so wirst du es bereuen!«

»Onkel Harvey . . . ich kann nicht mehr«, gab Sita kläglich zurück.

Er hatte sie ins Gesicht geschlagen, so fest, daß sie beinahe umfiel. Dann hatte er sie angebrüllt: »Wenn du nicht arbeiten willst, dann werde ich dich prügeln, bis du dich eines Besseren besinnst! Ich habe dich aus einem einzigen Grund mitgenommen, aber ebensogut könnte ich dich über Bord werfen, so wenig nützlich bist du mir!«

Diese Worte hatten Sita auf die zynische Idee gebracht, wie sie ihrem Onkel weiteren Ärger ersparen konnte.

Die ganze Nacht überlegte sie hin und her, doch als Sir Harvey sich am nächsten Tag noch unnachgiebiger und gewalttätiger zeigte als sonst, hatte für sie festgestanden, daß sie dieses Leben nicht länger ertragen wollte.

Vom Oberdeck aus hatte sie gesehen, daß sich die Passagiere, die im Freien schliefen, in eine Decke hüllten oder ihr formloses muselmanisches Gewand überzogen. Sie hatte sofort gewußt, daß dies für sie die ideale Verkleidung war, um sich eine geeignete Stelle zu suchen, von wo aus sie ins Wasser springen konnte.

Es war unwahrscheinlich, daß man mitten in der Nacht das Kielwasser beobachten würde. Wer auf der Brücke Dienst tat, der würde gewiß nach vorne, zum Bug hin schauen.

Sie durchdachte ihren Plan in allen Einzelheiten, um dann, den Blick ungeduldig auf die Zeiger der Uhr gerichtet, dazusitzen und zu warten, bis sie sicher sein konnte, daß an Bord alles schlief.

Dann hatte sie sich in die Baumwolldecke von ihrem Bett gehüllt. In ihren flachen Pantoffeln bewegte sie sich lautlos vom Oberdeck nach unten, ohne daß sie jemandem begegnete. Ungesehen erreichte sie das Heck.

Und jetzt fragte sie sich, wieso auf einem Schiff voller friedlich schlafender Menschen ausgerechnet dieser Mann hatte wach sein müssen . . .

Da ihre Gedanken mehr ihm als der eigenen Person galten, fragte sie nach einer kleinen Pause: »Wer sind Sie? Sie mögen mich für unverschämt halten, aber ich glaube nicht, daß Sie Inder sind.«

Als er lächelte, sah es aus, als zwinkere er ihr zu. »Sita, auch wenn ich neugierig war . . . Sie sollten es in bezug auf mich nicht sein.«

»Warum nicht?«

»Ich habe meine Gründe. Ich warte noch immer auf Ihr Versprechen, nicht von unserer Begegnung zu sprechen.«

»Und wenn ich es Ihnen nicht geben will?« fragte sie mit einer neu erwachten Lebhaftigkeit.

»In diesem Fall«, sagte er langsam, »halte ich es für meine Pflicht, Ihrem Onkel zu sagen, auf welche Weise er seine Nichte beinahe verloren hätte.«

Sita stieß einen leisen Schrei aus. »Wie können Sie . . . an so etwas denken?« Sie zögerte. »Ich glaube, Sie wollen mich wohl aufziehen . . . oder mich erpressen.«

»Das können Sie sich aussuchen, aber meine Bitte meine ich ernst, und ich glaube, Ihre Intuition sagt Ihnen, daß es die Wahrheit ist.«

Sie machte große Augen und flüsterte: »Sie tragen eine Verkleidung?«

»Ich beantworte keine Fragen.«

»Sie aber haben mir viele Fragen gestellt!«

»Das war etwas anderes. Ich tue meine Pflicht, während Sie versuchen, Ihrer Pflicht zu entfliehen.«

Sie lachte auf und sah plötzlich noch jünger aus, als sie war. »Na schön! Sie haben gewonnen. Aber angenommen, ich . . . ich kann es nicht ertragen?«

»Sie müssen mir bei allem, was Ihnen heilig ist, versprechen, daß Sie dergleichen nie wieder versuchen, es sei denn, mit meiner Erlaubnis.«

Sita fuhr auf. »Wie können Sie . . . etwas so . . . Dummes verlangen? Vielleicht sehe ich Sie nie wieder.«

»Ich glaube, wir begegnen uns wieder«, sagte ihr Gegenüber leise. »Ich bin mir dessen sogar sehr sicher.«

»Aber vielleicht muß ich lange warten . . . bis ich Sie wiedersehe.«

»Das wäre gar nicht so schlecht, denn dann bliebe Ihnen mehr Zeit zum Nachdenken.«

Sie wich seinem Blick aus. Er wußte, daß sie daran dachte, daß die Lage für sie vielleicht so unerträglich werden würde, daß sie nicht warten oder über ihre Situation nachdenken könne.

Er beugte sich ein wenig vor. »Du lieber Gott! Ist Ihnen nicht klar, daß die Welt ein großer, wunderschöner Ort ist und daß das, was Sie erleiden, nur ein winziger Teil davon ist?«

Er streckte die Hand nach der ihren aus. »Soll ich Ihnen mein Wort darauf geben, daß Sie mit der Zeit Ihr Glück finden werden?«

»Warum sollten Sie es mir versprechen? Und woher wollen Sie es wissen?«

»Weil Sie jung und schön sind und weil Sie über eine Persönlichkeit verfügen, die es Ihnen gestattet, sich über alle Ängste zu erheben — wenn Sie nur wollen. Auch wenn Sie mir nicht glauben, so schwöre ich, daß das die Wahrheit ist.«

Seine Worte setzten sie so sehr in Erstaunen, daß sie instinktiv seine Hand fester umfaßte und flüsterte: »Ich ... ich möchte Ihnen glauben.«

»Dann ist der Kampf halb gewonnen. Unser Glaube verschafft uns das, was wir uns wünschen, wie durch Zauberhand, weil unser Wille ein Magnet ist, auch wenn wir uns dessen nicht immer sicher sind.«

»Daran glauben Sie?«

»Ich habe es in einer harten Schule lernen müssen, und ich wurde nie enttäuscht.«

Sita schaute ihn interessiert an. »Sie haben von Wiedergeburt und unserem Karma gesprochen. Heißt das, daß Sie Buddhist sind?«

»Ich glaube an alle Religionen, die gerecht sind und den Menschen helfen, sich weiterzuentwickeln. Der Glaube ist etwas, das aus dem Herzen kommt, und wenn wir ihn haben, dann gibt es nichts mehr, wovor wir uns fürchten müssen.«

»Und Sie glauben ... daß ich das ... in Indien finden werde?«

»Ich weiß es.«

Das sagte er so überzeugend, daß sie eine Reaktion verspürte, die sie sich selbst nicht erklären konnte.

»Und jetzt schicke ich Sie zurück in Ihre Kabine und verspreche Ihnen, daß von nun an alles besser wird. Sie müssen nur glauben und nicht aufhören zu glauben, und Sie müssen versuchen, stolz, schön und tapfer zu sein.«

»Ich ... ich will es versuchen«, erwiderte Sita leise.

»Wann werde ich Sie wiedersehen? Und wie kann ich Sie finden . . . nur für alle Fälle?«

»Sie werden mich finden«, gab er zurück. »Auch daran müssen Sie glauben.« Er stand auf und führte ihre Hand an seine Lippen.

Und ehe sie wußte, wie ihr geschah, hatte er den Raum verlassen, und sie war allein.

Langsam stand sie auf und zog ihr Gewand über den Kopf, so daß ihr Gesicht im Schatten lag. Dann ging sie zur Tür.

Sie brauchte lange, ehe sie eine Treppe fand, die sie aufs nächste Deck führte. Dort entdeckte sie, daß sie es nicht mehr weit zu ihrer eigenen Kabine hatte.

Als sie die Tür öffnete und sah, daß alles genau so war, wie sie es zurückgelassen hatte, wurde sie von dem Gefühl erfaßt, es seien einige Jahre vergangen, seitdem sie diesen Raum verlassen hatte — entschlossen zu sterben, entschlossen, ihrem Leben, das zur Hölle geworden war, ein Ende zu bereiten.

Sie setzte sich auf ihre Koje, völlig erschöpft.

Morgen würde sie wieder ihrem Onkel gegenübertreten müssen, obwohl die Arbeit, die er ihr für diesen Abend aufgetragen hatte, nicht erledigt war.

Aber irgendwie erschien es ihr nicht mehr so bedeutsam. Sie rief sich die Worte des Fremden in Erinnerung. Zugleich fiel ihr ihr Versprechen ein, nie wieder einen Selbstmordversuch zu unternehmen.

»Wie konnte er nur so etwas verlangen? Und wie konnte ich so töricht sein und ihm das Versprechen geben?« murmelte sie vor sich hin.

Dabei dachte sie an seine dunklen Augen, die sie mitfühlend angeschaut, aber auch belustigt angeblitzt hatten.

War er Inder, oder war er Engländer? Sie wußte es nicht. Seine Haut war ihr dunkel erschienen, dunkler jedenfalls als die Haut eines Engländers, und doch hatte seine Sprache und das, was er sagte, sehr englisch geklungen.

»Warum hat er nicht noch länger mit mir gesprochen?« seufzte sie leise.

Plötzlich spürte sie den Zwang, ihn wiedersehen zu müssen. Ob sie noch einmal aufs Unterdeck gehen sollte, um nachzusehen, ob er dort zu finden war?

Einfach lächerlich! ermahnte sie sich. Er hatte ihr geholfen und war wieder gegangen, und alles war so, wie es zuvor gewesen war.

War es das wirklich?

Sie hatte sich das Leben nehmen wollen, jetzt aber wollte sie, so sonderbar es war, weiterleben. Fast konnte sie ihr Karma und die Wiederbegegnung mit ihm vor sich sehen, so deutlich wie ein Bild. Gingen sie jetzt auch getrennte Wege, so würden sie sich wiedersehen.

War das ganze Leben Teil eines gewaltigen Plans, den ein höheres Wesen, eine Gottheit, entwickelte und leitete?

Sita spürte, wie ihr die Augen zufielen, und als sie von der Wirklichkeit in eine Traumwelt hinüberglitt, hörte sie, wie die tiefe Stimme sagte: »Dies ist Ihr Karma. Sie müssen stolz, schön und tapfer sein, wie die Göttin, nach der Sie benannt wurden.«

Als Sita am nächsten Morgen erwachte, wußte sie sofort, daß sie verschlafen hatte. Gewiß würde ihr Onkel bereits beim Frühstück sitzen und wegen ihrer Verspätung außer sich sein.

Und doch war ihre Furcht nicht so groß, wie sie eigentlich erwartet hatte. Tatsächlich hatte sie gleich beim Erwachen an diesem Morgen gespürt, daß sich etwas verändert hatte. Fast war ihr, als ströme Sonnenschein in ihre Kabine und als läge der Frühling in der Luft.

Da sie wußte, daß es tagsüber sehr heiß werden würde, schlüpfte sie in ein leichtes Kleid und ging — ungeachtet ihrer Verspätung — hinaus auf Deck.

Es herrschte dieselbe schwüle Hitze wie am Vortag. Die See war spiegelglatt, der Himmel über ihr wolkenlos. Der Horizont verlor sich im Dunst der Hitze.

Zum erstenmal hatte Sita das Gefühl, nicht allein und angsterfüllt zu sein. Sie ahnte vielmehr, daß sie sich auf eine neue Welt zubewegte, eine Welt, die viel bunter und aufregender sein würde als die alte.

Seitdem sie mit ihrem Onkel zusammenlebte, waren er und Indien für sie eins geworden. Vermutlich war darin der Grund für ihre Abneigung gegen dieses Land zu suchen. Sie hatte das Land abgelehnt, das einen Menschen so grausam und widerwärtig hatte werden lassen.

Nun aber dachte sie daran, wie ihr Vater stets von Indien geschwärmt hatte. Ihr fielen auch die schönen Bilder wieder ein, die er von dort mitgebracht hatte, Reproduktionen von Rajput-Malereien. Ihre Mutter hatte ihr Zeichnungen gezeigt, auf denen Paläste, Elefanten und prächtig gekleidete Maharadschas abgebildet waren.

Unwillkürlich fragte Sita sich, was aus diesen Bildern geworden sein mochte, und sie gelangte zu dem Schluß, daß sie gewiß irgendwo im Hause ihres Onkels in Wimbledon sein mußten, wohin man sie aus dem Gutshaus gebracht hatte.

In ihrem überwältigenden Kummer nach dem Tod ihrer Eltern hatte sie nicht daran gedacht, etwas für sich zu erbitten. Sie hatte es hingenommen, daß ihr einziger Besitz ihre eigenen Kleider und die ihrer Mutter waren.

Da ihr Onkel sich hartnäckig weigerte, ihr Geld zu geben, hatte sie in den vergangenen zwei Jahren die Sachen ihrer Mutter getragen, obwohl vieles davon für sie viel zu erwachsen und damenhaft war.

Gewiß hätte er sie in alle Ewigkeit die alten Kleider auftragen lassen, wenn sie nicht darauf bestanden hätte, daß sie für Indien eine entsprechende Garderobe benötigte.

Mit dem wenigen Geld, das ihr Onkel ihr schließlich zugestanden hatte, hatte sie jedoch nur Kleider aus billigem Stoff kaufen können. Zum Glück hatte sie einen guten Geschmack, und so wählte sie nur Sachen aus, die wirklich zu ihr paßten und die ihre Persönlichkeit betonten, so daß man darüber die mindere Qualität vergaß.

Während sie nun aufs Meer hinausschaute und sich immer mehr auf Indien freute, wünschte sie, sie hätte sich intensiver mit ihrem Reiseziel befaßt. Da aber ihr Onkel während der Reisevorbereitungen besonders ungenießbar gewesen war und er an Bord mit jedem Tag unzufriedener mit ihr wurde, war ihr einziges Bestreben gewesen, seinen Schlägen auszuweichen und in Ruhe gelassen zu werden.

Wie schon unzählige Male zuvor hatte sie sich gewünscht, es wäre ihr vergönnt gewesen, gemeinsam mit ihren Eltern zu sterben.

Als sie seinerzeit bei einem Ausflug mit dem Segelboot ertranken, war Sitas kleine glückliche Welt untergegangen. Ihr Onkel war gekommen, um sie nach London zu holen, und danach war nichts mehr so wie früher.

Sita stieß einen tiefen Seufzer aus und kehrte dem Meer den Rücken zu. Tränen füllten ihre Augen, wie so oft, wenn sie an ihre Eltern dachte.

Plötzlich vermeinte sie eine tiefe Stimme zu hören: 'Sie müssen glauben!'

Beinahe klang es wie ein Befehl. Während sie hinunter in den Salon zum Frühstück ging, fragte sie sich, ob er an sie so dachte wie sie an ihn.

2

Im Salon angekommen, stellte Sita fest, daß ihr Onkel bereits gefrühstückt hatte und schon wieder gegangen war. Dieser Umstand ließ sie fürchten, daß er besonders schlechter Laune sei.

Dennoch verspürte sie Erleichterung darüber, zur Abwechslung einmal essen zu können, ohne daß er sie ununterbrochen finster anstarrte. Sie genoß ihr Frühstück wie schon lange nicht mehr.

Anschließend ging sie in ihre Kabine, um das Manuskript zu holen, an dem sie den Abend zuvor hätte arbeiten sollen. Als sie danach die Kabine ihres Onkels betrat, mußte sie feststellen, daß er wie immer an seinem Schreibtisch saß und sie mit einem drohenden Gesichtsausdruck erwartete.

»Du kommst sehr spät!« empfing er sie unwillig. »Ich kann mir nicht denken, was dich in deinem Alter daran hindert, pünktlich zu sein, wenn ich es doch in meinen Jahren immer schaffe.«

»Ja, ich weiß, Onkel Harvey, aber leider habe ich verschlafen.«

»Verschlafen! Ihr jungen Leute denkt einzig und allein an euer Vergnügen!« gab er gereizt von sich. »Aber jetzt an die Arbeit! Es gibt viel zu tun.«

Sita legte das Manuskript vor ihm auf den Schreibtisch. »Leider konnte ich es gestern nicht mehr abschreiben.«

»Was heißt das — du konntest nicht?« fragte er gefährlich leise. Er griff nach dem Manuskript, blätterte darin und sah mit einem Blick, daß Sita nichts von der Arbeit, die er ihr aufgetragen hatte, erledigt hatte. Voller Wut starrte er auf sein eigenes, unleserliches, mit zahlreichen Korrekturen durchsetztes Gekritzel.

»Verdammt . . . es beweist deine Undankbarkeit, daß du gefaulenzt hast, anstatt fleißig zu arbeiten!«

Sita wich unwillkürlich ein paar Schritte zurück. Wie immer, wenn ihr Onkel sie beschimpfte, fing sie zu zittern an.

»Es tut mir leid . . . Onkel Harvey«, brachte sie heraus. »Ich will versuchen, es heute gutzumachen.«

»Damit gebe ich mich nicht zufrieden!« brüllte ihr Onkel. »Zufällig enthält die Arbeit, die du gestern gemacht hast, unzählige Fehler. Jedes Schulkind hätte es besser gekonnt!«

Er nahm die Seiten mit Sitas Handschrift und ging drohend auf das Mädchen zu. »Sieh dir das an — und das! Bist du denn so dumm, daß du nicht erkennst, was das Wort heißen soll?« Dabei hielt er ihr die Seiten vor die Nase und zeigte mit dem Zeigefinger auf die Fehler. »Ich füttere dich durch, ich erhalte dich verarmte Waise«, tobte er, »und du lieferst mir eine solch schlampige Arbeit ab! Wie undankbar du bist!«

Sein Gebrüll trieb Sita die Tränen in die Augen.

Ehe er vollends die Fassung verlor, drückte er ihr die Seiten in die Hand. »Bring das sofort in Ordnung, dummes Ding! Und dann erledige dein Arbeitspensum von gestern! Und wenn deine Arbeit noch einmal so schlecht ausfällt, werde ich dich so lange schlagen, bis du dich besserst!«

Er hob die Hand, um sie auf den Hinterkopf zu schlagen, wie er es schon so oft getan hatte.

Gerade als sie ihm mit einer flinken Bewegung auszuweichen versuchte, klopfte es an die Tür.

Sir Harveys Hand erstarrte mitten in der Bewegung. Noch ehe er »Herein« sagen konnte, ging die Tür auf, und der Schiffsarzt trat ein.

Er war ein Mann in mittleren Jahren, behäbig, umgänglich und bei allen Passagieren beliebt.

Obwohl Sita ihn nur durch einen Tränenschleier wahrnahm, hatte sie den Eindruck, daß er sehr wohl wußte, was sich vor seinem Eintreten zugetragen hatte. Es war auch nahezu ausgeschlossen, daß er das Gebrüll ihres Onkels überhört hatte.

»Was wollen Sie?« herrschte ihr Onkel ihn schroff an.

»Entschuldigen Sie die Störung, Sir Harvey«, antwortete der Arzt, »aber eigentlich wollte ich Ihre Nichte besuchen. Mir fiel auf, daß sie zum Frühstück nicht mit Ihnen zusammen erschien. Ich machte mir schon Sorgen, sie sei krank.«

»Krank? Warum sollte sie krank sein?« fragte Sir Harvey verdutzt. »Sie kam verspätet zum Frühstück, weil sie faul und frech ist wie alle jungen Leute heutzutage.«

»Hoffen wir, daß dies die einzige Erklärung ist«, gab der Arzt zurück. »Aber ich möchte Miß Arran auch aus einem anderen Grund sprechen.«

»Und der wäre?« fragte Sir Harvey ungehalten.

Der Arzt schloß die Tür hinter sich. »Mir wurde zugetragen, daß Miß Arran an einer ansteckenden Krankheit leiden könnte. Eine gerötete Stelle im Gesicht weist darauf hin.«

Sita starrte den Mann verblüfft an. Dann begriff sie, daß er das rote Mal meinte, das von den Schlägen ihres Onkels herrührte. Schon beim Ankleiden war ihr aufgefallen, wie deutlich sichtbar es sich von ihrer weißen Haut abzeichnete.

»Mir . . . mir fehlt gar nichts«, murmelte sie verschämt, doch ihre Worte verloren sich im Gepolter ihres Onkels.

»Meiner Nichte fehlt überhaupt nichts, und Sie haben kein Recht, Vermutungen zu äußern! Und was die Rötung auf ihrer Wange betrifft, so geht Sie das nichts an!«

»Verzeihen Sie, Sir Harvey«, erwiderte der Arzt in aller Ruhe, »es geht mich sehr wohl etwas an, da es meine

Pflicht ist, mich um die Passagiere dieses Schiffes zu kümmern und dafür zu sorgen, daß sie keinen ansteckenden Krankheiten ausgesetzt werden.«

»Was für ein verdammter Unsinn!« knurrte Sir Harvey. Ein wenig verlegen setzte er sich an seinen Schreibtisch und blätterte in seinem Manuskript, um anzudeuten, daß er das Gespräch für beendet hielt.

Der Arzt sah Sita mit einem Lächeln an. »Miß Arran, mir liegt es fern, Sie ungebührlich zu ängstigen«, meinte er freundlich, »aber Sie werden gewiß Verständnis für meine Lage aufbringen. Ich muß mich vergewissern, daß die geäußerten Befürchtungen grundlos sind.«

»Ja . . . natürlich, Dr. Johnson«, antwortete Sita. »Ich verstehe vollkommen.«

»Sollen wir in Ihre Kabine gehen, oder soll ich Sie hier untersuchen?«

»Sie werden Sita hier untersuchen!« begehrte Sir Harvey wieder auf. »Ich wünsche nicht, daß hinter meinem Rücken ein fauler Zauber veranstaltet wird!«

»Es wird keinen faulen Zauber geben, das versichere ich Ihnen«, erklärte Dr. Johnson gelassen. »Allenfalls eine kurze Untersuchung.« Lächelnd fuhr er zu Sita gewandt fort: »Kommen Sie ans Licht, damit ich sehen kann, was es mit Ihrer Wange auf sich hat.«

Sita wich seinem Blick aus, überzeugt, der Arzt wisse sehr wohl, daß die gerötete Stelle auf ihrer Wange von einem Schlag herrührte. Sie trat an eines der Bullaugen.

Dr. Johnson begutachtete den roten Abdruck, während er ihn sanft abtastete. »Schmerzt das?« fragte er.

»Ja . . . ein wenig.«

»Hm, die Stelle könnte sich unschön verfärben, aber das dauert höchstens ein, zwei Tage.«

Als Sita schon glaubte, er hätte seine Untersuchung beendet, sagte er noch: »Miß Arran, Sie haben hoffentlich nichts dagegen, wenn ich noch rasch einen Blick auf Ihren Rücken werfe? Wie Sie sicher wissen, zeigen sich gewisse Infektionen zuerst durch Rötungen auf dem Rücken oder hinter den Ohren. Ich würde gern die Befürchtungen jener zerstreuen, die sich um Sie sorgen.«

Sita hob hilflos die Schultern. »Ja . . . natürlich.« Sie wandte dem Arzt den Rücken zu und fing an, ihr Baumwollkleid aufzuknöpfen.

»Überlassen Sie das mir«, schlug er vor. »Ich bin ein verheirateter Mann und sehr darin geübt, die Zofe zu spielen.«

Sita stand reglos da, während er die ersten sechs Knöpfe ihres Kleides aufknöpfte. Sie wußte, daß man die Spuren des Lineals, mit dem ihr Onkel sie am Abend zuvor geschlagen hatte, noch sehen mußte. Beim Zubettgehen hatte sie ein starkes Brennen gespürt, und beim Aufstehen am Morgen war ihr Rücken ganz steif gewesen und hatte noch immer geschmerzt.

Der Arzt brauchte das Kleid nicht weiter zu öffnen, um die Spuren der Schläge zu sehen, die sich grellrot von ihrer hellen Haut abhoben. Geschickt knöpfte er das Kleid wieder zu. »Diese roten Male sind keinesfalls Vorboten einer ansteckenden Krankheit. Doch eines ist sehr wichtig, Miß Arran: Sollte einer dieser Flecken aufbrechen, sagen Sie mir sofort Bescheid, da bei dieser Hitze sehr leicht eine Sepsis hinzukommen kann.«

»Ich verstehe.«

»Auch wenn die offene Stelle ganz klein ist, kann sie gefährlich werden, also denken Sie an meine Worte und zögern Sie nicht, mich unverzüglich aufzusuchen. Geben Sie mir Ihr Wort?«

»Ja . . . natürlich, Dr. Johnson. Ich will Ihren Rat gern befolgen.«

Der Arzt warf einen Blick zu Sir Harvey hinüber, der auf die Papiere vor sich starrte. Dann sagte er langsam und in unmißverständlichem Ton: »Miß Arran, ich kann nur hoffen, daß Sie in Zukunft nicht mehr zu leiden haben.« Er lächelte ihr mitfühlend und verständnisvoll zu, ehe er zur Tür ging.

Die Hand schon auf der Klinke, drehte er sich noch einmal um. »Guten Morgen, Sir Harvey!« Seine Stimme klang nicht mehr freundlich.

Er ging hinaus und schloß die Tür hinter sich. Kaum waren Sita und ihr Onkel wieder allein, als sich betretenes Schweigen über den Raum senkte, ein Schweigen, das Sita nicht zu brechen wagte.

Schließlich fuhr Sir Harvey sie an: »Komm her und mach dich an die Arbeit! Worauf wartest du denn? Es gibt viel zu tun.«

In diesem Moment klopfte es abermals, und wieder öffnete sich die Tür.

»Ach, ich vergaß zu sagen, daß ich Miß Arran in eine andere Kabine verlegen möchte«, kündigte Dr. Johnson an. »Eben jetzt sah ich, wo sie schläft . . . der Raum ist viel zu finster und stickig für jemanden, der gezwungen ist, in diesem Klima zu arbeiten.«

»Etwas Luxuriöseres kann ich mir nicht leisten!« donnerte Sir Harvey los. »Also kein Wort mehr davon!«

Dr. Johnson ließ nun den Blick mit betonter Langsamkeit durch die große, luftige Kabine wandern und sagte in einem Ton, der so liebenswürdig war, daß kein Mensch sich beleidigt fühlen konnte: »Sir Harvey, diesen Punkt habe ich selbstverständlich in Betracht gezogen. Es werden für Sie keine zusätzlichen Unkosten entstehen. In Port Said wurde eine Außenkabine frei, in der Miß Arran viel besser untergebracht sein wird.«

Eine Antwort wartete er erst gar nicht ab, sondern schloß rasch wieder die Tür.

»Das ist . . . sehr nett«, murmelte Sita verlegen, deren Herz vor Freude sang. Sie würde eine Kabine bekommen, von der aus sie einen Blick aufs Meer hatte, und dazu kam die Gewißheit, daß ihr Onkel sie nie wieder schlagen würde!

Die Erleichterung ließ sie dankbar aufatmen. Sie wußte nur zu gut, wer für diese günstigen Veränderungen verantwortlich zeichnete.

Als suche er eine Bestätigung seiner Autorität, nachdem Dr. Johnson ihn derart brüskiert hatte, gab sich Sir Harvey für den Rest des Tages noch unausstehlicher als sonst. Doch all sein Genörgel und Gebrüll konnten Sita keine Angst mehr einjagen, da sie wußte, daß er ihr zumindest körperlich kein Leid mehr zufügen würde.

Erst als sie unter dem Vorwand, ihre Arbeit allein in ihrer Kabine fortsetzen zu wollen, seiner Übellaunigkeit entkommen war, hatte sie Zeit, über alles, was sich zugetragen hatte, nachzudenken. Wie gern hätte sie dem

Mann, der sie gerettet hatte, ihre Dankbarkeit ausgesprochen!

Wie hat er das nur geschafft? fragte sie sich immer wieder. Denn daß er ihr Retter war, daran zweifelte sie keine Sekunde. Wer sonst hätte ihr den Arzt geschickt, damit er ihr Gesicht und die roten Abdrücke auf ihrem Rücken untersuchte?

Es erschien ihr unglaublich, daß ein Mann, der als Zwischendeckpassagier reiste und aussah wie ein Inder, zudem wie ein Angehöriger einer unteren Kaste, so viel Autorität besitzen konnte.

Wußte ich es doch, daß er nur verkleidet war, dachte sie und rief sich gleichzeitig in Erinnerung, daß sie ihm hoch und heilig versprochen hatte, dies alles für sich zu behalten. Dennoch verspürte sie das große Bedürfnis, sich bei ihm zu bedanken, so daß sie schließlich von ihrer Arbeit abließ und hinauf aufs oberste Deck lief, um von dort die unteren Decks zu überblicken, in der Hoffnung, ihn ausmachen zu können.

Die Decks waren voller Menschen, da viele Passagiere frische Luft schöpfen wollten. Die meisten hockten mit untergeschlagenen Beinen da, eine Sitzhaltung, die nur wenige Europäer längere Zeit ertragen hätten. Andere waren in ein Kartenspiel vertieft, würfelten oder spielten mit ihren Kindern.

Nirgends aber war eine Spur von dem Mann zu entdecken, den sie suchte. Lange stand sie da und überlegte, wie sie am besten mit ihm in Verbindung treten konnte. Zu dumm, daß sie vergessen hatte, ihn nach seinem Namen zu fragen!

Vielleicht werde ich ihn morgen sehen, dachte sie voller Hoffnung. Dabei konnte sie sich jedoch des Gefühls nicht erwehren, daß sie ihn niemals würde ausfindig machen können, wenn er es nicht wollte.

Wieder in ihrer Kabine, arbeitete sie eifrig, bis es Zeit fürs Dinner wurde. Rasch schlüpfte sie in das Abendkleid, das ihrer Mutter gehört hatte und das schon bessere Zeiten gesehen hatte.

Von seinen Nörgeleien über das Essen abgesehen, nahm Sir Harvey das Dinner wortlos ein. Eine Einladung an den Tisch des Kapitäns hatte er zu Sitas Bedauern ausgeschlagen. Insgeheim von Neid erfüllt, vernahm sie das fröhliche Gelächter der anderen Gäste des Kapitäns.

Zwar waren es meist Passagiere in vorgerückten Jahren, doch hätte sie deren Gesellschaft jener ihres Onkels bei weitem vorgezogen. Alles war besser, als allein mit diesem alten Kauz bei Tisch zu sitzen und aus Angst, etwas Falsches zu sagen, zu schweigen!

Nach dem Essen ordnete er an: »Mach dich rasch wieder an die Arbeit und sorge dafür, daß noch alles vor dem Frühstück fertig wird.«

»Onkel Harvey, ich werde tun, was ich kann, aber . . . aber ich bezweifle sehr, daß ich alles schaffe.«

Zum Glück war Sir Harvey im Speisesaal gezwungen, die Schmähungen zu verschlucken, die er ihr an den Kopf geworfen hätte, wären sie unter sich gewesen. Statt dessen stand er auf und ging in den Rauchsalon hinüber, als sei er ebenso froh, ihrer Gesellschaft entronnen zu sein, wie umgekehrt.

Nach einigem Zögern ging Sita hinaus auf Deck.

An ein Alleinsein war nicht zu denken, da sich nicht wenig Passagiere trotz der Schwüle draußen aufhielten. Nicht gewillt, sich unter die anderen zu mischen, stieg Sita entschlossen zu dem Deck hinauf, auf dem sich die Rettungsboote befanden. Nur einige engumschlungene Pärchen, die ungestört bleiben wollten, hatten sich hierhin zurückgezogen.

Sie wich ihnen diskret aus und ging zu dem abgeschiedenen Platz hinüber, den sie schon zuvor ausfindig gemacht hatte. Sehnsüchtig schaute sie hinauf in den Sternenhimmel. Wie wunderschön die Gestirne waren und wie bedeutungslos sie die Menschen erscheinen ließen!

Fast eine Stunde stand sie da und dachte an ihr Leben und auch an das, was ihr Retter vom Rad der Wiedergeburt erzählt hatte.

Ist es denn möglich, daß ich schon einmal auf dieser Welt gelebt habe? fragte sie sich. Wenn ja, dann muß ich ein sehr schlechter Mensch gewesen sein und werde nun durch das Leben mit Onkel Harvey für meine Sünden bestraft.

Das alles war schwer vorstellbar, und je länger sie darüber nachdachte, desto mehr festigte sich in ihr die Überzeugung, daß es eine schreckliche Vergeudung war, wenn jemand lebte und litt, wenn er sich vielleicht durch Kraft und Beharrlichkeit über noch so widrige Umstände erhob, nur um dann in einem Grab auf dem Friedhof zu enden.

»Es ist so schwer zu begreifen«, seufzte sie leise.

»Was denn?« ließ sich eine Stimme neben ihr vernehmen.

Sita schrak zusammen, obwohl sie auf diese Begegnung gewartet, ja sie erhofft hatte. Er war da, und sie freute sich so, ihn zu sehen, daß ihr gar nicht der Gedanke kam, ihr Überschwang könnte aufdringlich sein.

»Ach, Sie sind da! Den ganzen Tag habe ich an Sie gedacht und gehofft, ich würde Sie sehen!« rief sie aus. »Ich hielt Ausschau nach Ihnen und konnte Sie nirgends entdecken.«

Sicher war sie ihrer Sache im Halbdunkel des Sternenlichtes nicht, doch hatte sie den Eindruck, daß er lächelte. Als sie ihn genauer betrachtete, stellte sie fest, daß er anders aussah als bei ihrem letzten Treffen: Er trug keinen Turban.

»Wie geht es Ihnen?« fragte er.

»Sehr gut . . . immerhin haben Sie den Arzt geschickt, damit er mich untersucht«, sagte sie. »Und außerdem muß ich mich bei Ihnen dafür bedanken, daß Sie mir eine andere Kabine besorgt haben.«

»Wie kommen Sie darauf, daß ich das getan habe?«

»Sie sind der einzige Mensch, der mir geholfen haben kann!« stellte Sita im Brustton der Überzeugung fest. »Und ich bin Ihnen sehr dankbar.« Dabei ließ sie ihn nicht aus den Augen, wenngleich sie seine Züge im Halbdunkel nur undeutlich erkennen konnte. Dennoch fühlte sie, daß er sie voller Anteilnahme ansah, bemüht, ihr beizustehen wie schon zuvor.

»Wie haben Sie mich gefunden? Woher wußten Sie, daß ich hier bin?« fragte sie leise.

»Ich hielt es für wahrscheinlich, daß Sie an diesem wundervollen Abend gern draußen sein wollen, daß aber

Ihre Schüchternheit Sie daran hindern würde, sich unter die Menschen an Deck zu mischen.«

»Das stimmt . . . aber ich finde es erstaunlich, daß Sie es ahnten.«

»Soll ich sagen, daß ich versuchte, mich in Sie hineinzudenken?«

Sie faltete die Hände, ehe sie nachdenklich sagte: »Sie sind sehr geheimnisvoll . . . und doch ist es für mich überaus aufregend, einem Menschen wie Ihnen zu begegnen, ganz abgesehen davon, daß Sie mich zweimal retteten, einmal vor dem Ertrinken und dann vor meinem Onkel.«

»Ich kann mir nicht vorstellen, daß er Sie noch einmal schlagen wird.« Er machte einen Schritt auf sie zu. »Im Moment sollen Sie das alles vergessen. Ich möchte sicher sein, daß Sie glücklicher sind als gestern und daß Sie sich auf alles freuen, was vor Ihnen liegt.«

»Eigentlich habe ich darüber bis jetzt nicht nachgedacht«, erwiderte Sita. »Doch versuchte ich, mir ins Gedächtnis zu rufen, was mir Papa von Indien erzählte. Er liebte dieses Land über alles, und ich will versuchen, es ebenfalls liebzugewinnen.«

»Genau das wollte ich hören. Für mich wäre es eine herbe Enttäuschung, wenn Ihnen dieses herrliche Land nicht gefiele und wenn sie dort keine spirituellen Offenbarungen erlebten!«

»Werde ich Sie dort treffen?«

»Ich bin sicher, daß wir uns wiedersehen.«

»Wo . . . und wann?«

»Ich glaube, das überlassen wir unserem Karma. Wenn Sie der Erleuchtung teilhaftig werden, dann werden Sie erkennen, daß nichts zufällig geschieht, sondern daß vielmehr allem, was wir tun, und allem, was passiert, ein unendlicher Plan zugrunde liegt.«

Sita lächelte zaghaft. »Das ist ja sehr beruhigend.«

Sie schwiegen eine Weile. Schließlich lehnte Sita sich zurück und schaute in den Sternenhimmel. »Ehe Sie eben erschienen, da hatte ich das Gefühl . . . ganz unbedeutend zu sein.«

»Und jetzt . . . was fühlen Sie jetzt?« fragte er beinahe zärtlich.

»Jetzt . . . fühle ich, daß ich eine bestimmte Bedeutung auf der Welt habe, daß . . . irgend etwas auf mich wartet.«

»Jeder Mensch ist von Bedeutung«, gab er zurück. »Erst am Ende eines Lebensweges kann man zurückblicken und einschätzen, wie viele Menschen man beeinflußt hat. Auch die gegenwärtigen Ereignisse in Ihrem Leben können den Lauf der Geschichte verändern, obschon Sie sich dessen im Moment vielleicht nicht bewußt sind.«

Sita lachte. Es war ein fröhliches, kleines Lachen. »Sie reden so, als sollte ich zur Königin gekrönt werden oder als zweite Heilige Johanna Frankreich vor seinen Feinden erretten.«

»Warum nicht? Es haben sich schon viel unwahrscheinlichere Dinge zugetragen.«

»Was mich angeht, ist das besonders unwahrscheinlich, aber nach allem, was Sie mir sagten, will ich wenigstens einen Funken Hoffnung nähren.«

»Tun Sie das, und Sie werden sich vielleicht eines Tages selbst eine Überraschung bereiten.«

»Ich glaube, ich möchte viel eher Sie überraschen«,

entgegnete Sita. »Sagen Sie mir deshalb, wo ich Sie finden kann . . . und verraten Sie mir vor allem Ihren Namen, ehe Sie wieder gehen.«

Trotz des flehenden Blickes, der ihre Wort begleitete, schüttelte er den Kopf. »Nein«, sagte er. »Sie haben mir hoch und heilig versprochen, daß Sie niemandem verraten werden, daß wir uns kennen. Wenn wir uns wiedersehen, muß ich für Sie ein Fremder sein, dem Sie in aller Form vorgestellt werden.«

»Aber ich möchte an Sie denken . . . jetzt.«

»Ich vermute, das werden Sie ohnehin tun, so wie ich an Sie denken werde.«

»Ich würde mich freuen, wenn Sie das tun«, sagte Sita offen, »doch ich möchte auch sicher sein, daß Sie da sind . . . daß Sie mich retten können . . . ein drittes Mal vielleicht . . . so wie Sie mich bereits zweimal retteten.«

»Dann müssen Sie fest daran glauben, daß unsere beiden Karma vereint sind und daß ich Sie retten werde, sollte sich je die Notwendigkeit ergeben.«

»Und bis dahin?«

»Bis dahin habe ich gegen alle meine selbstauferlegten Gebote verstoßen, indem ich kam und wieder mit Ihnen plauderte. Aber ich wollte unbedingt sehen, ob Sie glücklicher sind und ob sich die Dinge für Sie gebessert haben, wie es meine Absicht war.«

»Natürlich geht es mir besser . . . ich bin Ihnen sehr zu Dank verpflichtet. Ich möchte mich immer wieder bei Ihnen bedanken . . . aber ich fürchte, Sie zu verlieren.«

Sie war ganz sicher, daß er lächelte, als er sagte: »Ich glaube nicht, daß einer von uns den anderen verlieren wird. Gute Nacht, Sita, und passen Sie gut auf sich auf!« Er führte wie am Abend zuvor ihre Hand an seine Lippen, und sie spürte deren sanfte Berührung auf ihrer Haut.

Während sie noch darüber nachsann, was für ein sonderbares Gefühl das war — fast so, als blitze ein Mondstrahl in ihrem Körper auf —, war der Fremde schon verschwunden, so lautlos wie er gekommen war.

Doch als sie mit klopfendem Herzen wieder zum Sternenhimmel emporblickte, wußte sie, daß er ihr genau das gegeben hatte, was er ihr versprochen hatte: Glauben an die Zukunft.

Am nächsten Abend suchte Sita denselben Platz auf, nachdem sie so lange und intensiv am Manuskript ihres Onkels gearbeitet hatte, bis sie Kopfschmerzen bekam. Auf Deck saß sie fast zwei Stunden unter den Sternen, und doch blieb sie allein, denn der geheimnisvolle Fremde ließ sich nicht blicken.

Sie war sehr enttäuscht, doch während sie in ihre kleine, aber sehr gemütliche Kabine zurückkehrte, war sie sicher, daß er ebenso an sie dachte wie sie an ihn.

Warum ist er nicht gekommen und hat mich besucht? überlegte sie verzagt. Und wie schon unzählige Male zuvor fragte sie sich auch jetzt, weshalb er auf so merkwürdige Weise reiste.

Sita war überzeugt davon, daß nicht Armut die Ursache war. Falls er eine Verkleidung trug, dann mußte er sehr triftige Gründe dafür haben.

Sie erinnerte sich undeutlich daran, daß ihr Vater ihr

vor Jahren von einer indischen Geheimorganisation erzählt hatte, die sich »Das große Spiel« nannte.

»Es handelt sich um eine Art Geheimdienst«, hatte er ihr erklärt. »Seine Mitglieder nehmen aus Liebe zu Indien Gefahr, Mühsal und sehr oft den Tod auf sich.«

»Und wer ist ihr Gegner, Papa?«

»Im Moment sind es die Russen«, hatte ihr Vater erzählt, »die mit allen Mitteln versuchen, die Stämme an der Nordwestgrenze aufzuwiegeln. Sie beliefern sie mit Waffen und bringen ihnen bei, wie man unsere Truppen in einen Hinterhalt lockt und ihnen viele Verluste zufügt.«

»Und warum das alles?«

»Weil Rußland größtes Interesse daran hat, Indien an sich zu reißen. Man neidet uns unsere weltweite Vormachtstellung und ist bestrebt, uns Schwierigkeiten zu bereiten, wo immer es möglich ist.« Leise hatte er hinzugefügt: »Überall dringen sie ein, wiegeln die eine Kaste gegen die andere auf, Hindus gegen Muslime, und man wird ihnen nur unter größten Schwierigkeiten das Handwerk legen können, ehe ihre Aktivitäten zu Aufruhr in verschiedenen Landesteilen führen.«

»Papa, warst du selbst am 'Großen Spiel' beteiligt?«

Ihr Vater hatte den Kopf geschüttelt. »Nicht direkt. Natürlich leisteten wir nach Möglichkeit Hilfestellung, doch die Leute, die wirklich beteiligt waren, gingen so geschickt vor, daß man ihre Identität nur feststellen konnte, wenn sie in einer aussichtslosen Situation militärische Unterstützung anforderten.«

Da Sitas Neugierde erwacht war, quälte sie ihren Vater

weiter mit Fragen. Leider merkte sie bald, daß er nicht viel wußte und ihr daher nur wenig sagen konnte.

»Sind die Eingeweihten durchweg Engländer?«

»Wo denkst du hin! Es befinden sich viele Inder verschiedenster Herkunft darunter, Inder, die wissen, daß die Russen Unruhestifter sind und daß die britische Herrschaft einer russischen bei weitem vorzuziehen ist.«

»Gibt es Bücher über das 'Große Spiel'?« ließ Sita nicht locker, da sie sich näher informieren wollte.

»Falls es welche gibt, kenne ich sie nicht«, hatte ihr Vater gemeint. »Am besten, man spricht über dieses Thema nicht, damit nicht unabsichtlich eines der Mitglieder aufgespürt wird und mit dem Leben büßen muß.«

Bis zu diesem Augenblick war Sita dieses Gespräch so gut wie entfallen. Je länger sie jetzt darüber nachdachte, desto wahrscheinlicher erschien es ihr, daß ihr Freund, der sie vor dem Tod bewahrt hatte, am 'Großen Spiel' beteiligt war.

So unglaublich es war, er hatte ihre Ansichten in der kurzen Zeit, die sie miteinander Gedanken austauschten, völlig verändert. Es gibt so vieles, das ich noch erfahren möchte, dachte sie und war sicher, er würde, wenn er neben ihr stünde, sagen, Indien würde sie alles lehren.

Sir Harveys Unausstehlichkeit, die in den nächsten Tagen noch zunahm, war, wie Sita wußte, allein seiner Vorfreude auf das Wiedersehen mit dem Land, in dem er so lange tätig gewesen war, zuzuschreiben. Daneben aber spürte sie an ihm auch eine gewisse Ängstlichkeit, da er fürchtete, bei der Ankunft nicht mit der erhofften Hochachtung und Herzlichkeit empfangen zu werden.

Schließlich erfuhr sie — wenn auch nicht aus seinem Munde —, daß ihr Zielhafen Kalkutta war, jene Stadt, in der die britische Verwaltung ihren Sitz hatte und wo der Vizekönig residierte.

Seit den Tagen der Ostindischen Handelsgesellschaft und des Indischen Aufstands, der die Übernahme der Herrschaft durch die Briten herbeiführte, stellte Indien das kostbarste Kleinod der britischen Krone dar. Der Vizekönig wußte, daß sein Amt ein besonders bedeutungsvolles und der Schutz Indiens eines der wichtigsten Prinzipien britischer Außenpolitik war.

Sita konnte im nachhinein nicht mehr sagen, welche Erwartungen sie in die Ankunft in Kalkutta gesetzt hatte, mit Sicherheit aber war sie nicht auf das gefaßt gewesen, was sie schließlich zu sehen bekamen.

Kaum hatte das Schiff festgemacht, erschien ein Adjutant, um Sir Harvey dahingehend zu informieren, daß er Gast des Vizekönigs sein würde, ehe er die Weiterfahrt nach Hyderabad anträte.

Die Miene ihres Onkels und die Art seiner Erwiderung zeigten Sita, welche Freude er über diese Anerkennung empfand.

Als sie dann in einem offenen Wagen, von einer berittenen Eskorte begleitet, mit dem Adjutanten zur Residenz des Vizekönigs fuhren, wußte sie nicht, wie ihr geschah. Bei der Fahrt durch die engen, bevölkerten Straßen glaubte sie, noch nie so viele Menschen auf einem Fleck gesehen zu haben, und vor allem noch nie eine solche Farbenpracht.

Zugleich aber nahm sie sehr bewußt wahr, daß viele derjenigen, die auf der Straße hockten, aßen, sich wuschen oder schliefen, zerlumpt, nackt und bettelarm waren. Der Gegensatz zu ihrem prachtvollen Gefährt und den rotweißen Uniformen der Eskorte war so groß, daß sie nur mit Mühe eine kritische Bemerkung unterdrücken konnte.

Schließlich fuhren sie vor dem imposanten Gebäude vor, das der Marquis von Wellesley vor hundert Jahren errichtet hatte, weil ihm die vorhandene Residenz als zu bescheiden erschienen war, wie der Adjutant bereitwillig ausführte.

»Es wurde in nur vier Jahren erbaut«, erklärte der Adjutant, »und jetzt gilt es als der schönste Regierungssitz der Welt.«

Sita machte ein angemessen beeindrucktes Gesicht, doch als sie dann die Residenz in ihrer ganzen Pracht vor sich sah, da blieb ihr der Mund vor Staunen offen, und sie kam sich vor wie eine Landpomeranze.

In diesem riesigen Palast mit den löwengekrönten Torbogen und den vier langen Seitenflügeln, die über geschwungene Gänge erreicht werden konnten, sollte nur eine einzige Familie residieren?

Die Größe und Pracht der Residenz verwirrte sie und überstieg ihre kühnsten Phantasien.

Die Riesengemälde im geschmückten Marmorsaal, die aus dem Palast des abgesetzten burmesischen Königs stammenden Spiegel und die kostbaren Sitzmöbel aus dem achtzehnten Jahrhundert im Empfangssalon wirkten so eindrucksvoll, daß sie ihren Blick kaum abzuwenden vermochte.

Nach ihrem Eintreffen führte man sie in den Gästetrakt, in den man durch den großen Marmorsaal mit seinen gewaltigen Säulen gelangte. In ihrer Suite wurden sie von einem Schwarm von mindestens einem Dutzend Diener empfangen.

»Man hat mich hier nicht vergessen, auch wenn ich zwei Jahre lang nicht mehr in Indien war!« stellte Sir Harvey mit dem Ton höchster Genugtuung fest.

Der großartige Empfang hatte ihn so milde gestimmt, daß er zur Abwechslung fast menschlich wirkte.

Während des wundervollen Banketts mit dem Vizekönig, dessen Gemahlin sowie vierzig geladenen Gästen, erkannte Sita, daß ihr Onkel nicht nur seines ehemaligen Ansehens wegen eingeladen worden war, sondern daß noch ein anderer Grund vorlag. Eine Bemerkung, die ihr Tischherr ihr gegenüber machte, und eine andere, die ihr Onkel später fallenließ, verrieten ihr, daß Lord Ripon, der gegenwärtig als Vizekönig amtierte, dabei war, 'Köpfe um sich zu versammeln'.

Lord Ripon war nämlich mit der Vorbereitung einer Reform befaßt, der sogenannten 'Ilbert Bill', die Richtern indischer Herkunft das Recht einräumen sollte, über Europäer zu Gericht zu sitzen.

Trotz ihrer spärlichen Kenntnisse über das Land entnahm Sita den Gesprächen, daß diese Reform geradezu eine Revolution darstellte und daß beinahe alle in Indien ansässigen Europäer sich vehement dagegen aussprachen.

So war es nicht verwunderlich, daß der Vizekönig sich Sir Harveys Unterstützung und Erfahrung sichern wollte, ehe dieser nach Hyderabad weiterreiste.

Was Sita betraf, so kümmerte sie der Grund für die Einladung in die Residenz wenig. Sie fand alles so überwältigend und erregend, daß sie es nie im Leben vergessen würde.

Vor dem Zubettgehen führte ein Adjutant sie in den großen Saal, damit sie den Thron bewundern konnte, auf dem der Vizekönig als Vertreter der Königin Platz zu nehmen pflegte. Es war ein herrlicher Thronsitz, über dem sich, von vier Säulen getragen, ein purpurner, mit goldenen Fransen verzierter Baldachin wölbte.

Sie erfuhr dabei auch, daß die Residenz äußerst unpraktisch und nicht besonders wohnlich war. So befand sich die Küche nicht nur nicht im Haus, sie lag sogar außerhalb des Palastgeländes in einer engen schmutzigen Straße der Stadt. Unglaublich, daß das Essen in Holzkisten auf Männerschultern durch den weitläufigen Garten getragen werden mußte!

Gleich nach der Ankunft hatte Sita ein Bad nehmen wollen. Erstaunt hatte sie festgestellt, daß ein Mann das Wasser heiß machte, ein zweiter es holte, der dritte es in die Wanne goß und ein vierter es schließlich ausleerte.

»Jeder der Männer gehört einer anderen Kaste an«, hatte man ihr erklärt.

Nach der Unruhe, die das Bad verursacht hatte, fiel es ihr schwer, sich im Licht einiger rußender Kerzen anzukleiden. Unwillkürlich stellte sie sich dabei die Frage, weshalb Lord Ripon nichts unternahm, um diese Unannehmlichkeiten aus der Welt zu schaffen; wahrscheinlich war er zu beschäftigt, um sich mit solch banalen Dingen zu befassen.

Vor dem Erscheinen des Vizekönigs und dessen Gemahlin versammelten sich die Geladenen im Salon und empfingen das Regentenpaar mit Verbeugungen und Knicksen. An der Tafel stand hinter jedem Stuhl ein Lakai in rot-weißer Livree mit den königlichen Insignien.

Von ihren Tischherren erfuhr Sita, daß sich im Garten auf den Bäumen Flughunde tummelten und Schakale im Gebüsch heulten.

»Das ist noch nicht alles«, sagte einer der Herren, »Zivetkatzen klettern die Regenrinnen hinauf und dringen durch die Schlafzimmerfenster ins Haus ein. Meine Frau ertappte eines dieser Biester. Es war fünf Fuß lang und schlürfte Milch aus einem Glas auf dem Nachttisch.«

Auch hier wieder Gegensätze, wie sie nicht größer hätten sein können. Indien schien voll davon.

Ehe sie Kalkutta verließen, erlebte Sita noch eine Ausfahrt des Vizekönigs, ein Ereignis, das ihr mehr als alles andere einen Eindruck von seiner Bedeutung vermittelte.

Er fuhr in einem offenen Wagen, begleitet von Postillionen und einer berittenen Eskorte von einhundertdreißig Leibwächtern. Diese Elitetruppe mit ihren scharlachroten und goldenen Röcken, den hohen Stiefeln und den zebragestreiften *puggarees* machte auch Dienst auf den Treppen und Korridoren der Residenz.

Die oberen Ränge der Dienstbotenhierarchie waren ebenfalls in Rot und Gold gekleidet, so daß Sita sich wie in einem Palast aus Tausendundeiner Nacht vorkam.

Zugleich aber litt sie tausend Ängste, sich nicht entsprechend zu benehmen, so daß sie geradezu erleichtert war, als sie, wiederum von einer Eskorte begleitet, zum

Bahnhof fuhren, um den Zug nach Hyderabad zu nehmen.

Lord Ripon mußte so viel daran liegen, sich die Unterstützung ihres Onkels zu sichern, daß er ihnen seinen Salonwagen für die Fahrt zur Verfügung stellte, der an den Zug gehängt wurde. Der in Weiß und Gold gehaltene Waggon war sehr viel eindrucksvoller als die normalen Wagen, und seine Passagiere wurden von den Eisenbahnbediensteten mit äußerstem Respekt behandelt.

Der Adjutant, der sie verabschiedete, salutierte stramm, als der Zug sich fauchend in Bewegung setzte.

Erst als sie allein waren, sagte Sita zu ihrem Onkel: »Onkel Harvey, ich wünschte, in England könnte man sehen, welche Achtung man dir hier in Indien entgegenbringt.«

Ein feines Lächeln umspielte seine Lippen, als er trocken antwortete: »Ich bezweifle sehr, daß man es glauben würde. Hoffentlich fällt der Empfang in Hyderabad ähnlich aus.«

»Das hoffe ich auch. Fast habe ich den Eindruck, wir hätten England verlassen und seien auf einem fremden Planeten gelandet.«

Sie glaubte, einen Traum zu erleben oder in ein Märchenland entführt worden zu sein. Gleich darauf ging ihr durch den Sinn, daß ihr nur eines fehlte, um ihr Märchen vollkommen zu machen, nämlich der Märchenprinz.

Da er ihr immer nahe zu sein schien, dachte sie sofort wieder an den Fremden vom Schiff. Sie sehnte sich danach, mit ihm zu sprechen und ihm alle Fragen über Indien zu stellen, die sich ihr aufdrängten. Schließlich waren ihr die Armut und das Elend in den Straßen Kalkuttas nicht entgangen; sie wußte jetzt, daß dies die eine Seite Indiens war und der Palast des Vizekönigs eine andere.

Es gab aber noch ein drittes Indien, das es für sie zu entdecken galt: das Indien, von dem er gesprochen hatte, das Indien der Wiedergeburt und des Karmas, das sie zusammenführen würde, weil alles Teil eines Plans war, auf den ein Einzelner keinen Einfluß hatte.

3

Bei ihrer Ankunft in Hyderabad hatte Sita mit Mühe von ihrem Onkel, der nur höchst ungern Auskünfte gab, erfahren, daß es sich um die Hauptstadt des Herrschaftsgebietes des Nizam handelte und daß dieser über die größte und daher bedeutendste Provinz des Landes herrschte.

Hyderabad war mit Bäumen und künstlichen Seen durchsetzt und umgeben von kahlen Granitbergen und bizarr geformten Hügeln, die aussahen, als wären sie von Riesen vom Himmel geworfen worden.

Sita fiel sofort auf, daß die Menschen auf den Straßen sich von jenen in Kalkutta unterschieden. Da Hyderabad das letzte noch bestehende Relikt des Mogul-Reiches von einst war, sah man überall Menschen in arabischer Kleidung, Nachkommen der einst herrschenden Klasse, sowie Soldaten aus Muskat und Hadramunt. Wie sie später erfahren sollte, war das Leben hier nicht so sehr von arabischen oder südindischen als vielmehr von persischen Einflüssen geprägt.

Der Nizam hatte die Unabhängigkeit seines riesigen Reiches nur wahren können, indem er mit den Briten etliche Freundschaftsverträge schloß. Der britische Resident in Hyderabad fungierte daher nicht als Organ einer Siegermacht, sondern eher als Botschafter eines befreundeten Landes, wie ihr Sir Harvey widerwillig erklärte. Er verfügte jedoch als tatsächlicher Machthaber in einigen, ihm vom Nizam zugestandenen Gebieten über große Autorität und befehligte eine stattliche Anzahl britischer Truppen, die, unmittelbar im Norden der Hauptstadt stationiert, offiziell dem Nizam unterstanden.

Dies alles hörte sich recht verwirrend an, doch als Sita die Residenz sah, war ihr klar, daß John Graham Cordery, der Resident, ein untersetzter rotgesichtiger Mann, sehr einflußreich sein mußte.

Die Residenz in Hyderabad war noch viel großartiger als jene in Kalkutta. Wieder konnte Sita nur staunen, als sie die von Sphinxen flankierte Treppe mit den zweiundzwanzig Marmorstufen sah, die zu einem aus sechs blendendweißen korinthischen Säulen bestehenden Portikus führten. Von dort aus gelangte man in den Durbar-Saal, einer von ionischen Säulen gesäumten Halle, die für viele Festlichkeiten genutzt wurde.

Am interessantesten für Sita war das, was sie gleich am ersten Abend beim Dinner von ihrem Tischherrn Mr. Barnes erfuhr, der als Erster Sekretär des Residenten fungierte und ihr erzählte, weshalb dieses prachtvolle Gebäude errichtet worden war.

»Der Palast würde nicht existieren, wenn der Resident Major James Achilles Kirkpatrick, der 1797 sein Amt antrat, nicht zwei große Lieben in seinem Leben gehabt hätte«, erklärte Mr. Barnes. Unter Sitas interessiertem Blick fuhr er fort: »Die erste war seine Prunkliebe. Die alte Residenz erschien ihm zu unbequem und unpraktisch. Daher machte er sich unverzüglich an die Planung eines Gebäudes, das seinem Rang angemessen war.«

»Das ist ihm überzeugend gelungen.«

»Nur weil er sehr klug vorging«, antwortete der Erste Sekretär. Sita wartete gespannt, und er erklärte: »Ehe er mit dem Bau beginnen konnte, mußte er den Nizam um sechzig Morgen Land an dem der Stadt entgegengesetzten Ufer des Flusses Musi bitten.«

»Ist es das Gelände, auf dem wir uns jetzt befinden?« fragte Sita.

Mr. Barnes nickte. »Als nun Major Kirkpatrick dem Nizam einen in großem Maßstab gezeichneten Plan der neuen Residenz zeigte, wurde seine Bitte abgelehnt.«

»Und warum?«

»Der Minister des Nizam erklärte, daß dem Herrscher angesichts der Größe des Planes angst und bange geworden sei.«

»Und was geschah dann?«

»Major Kirkpatrick war so klug, denselben Plan auf ein kleines Stück Karton zeichnen zu lassen, und als er es dem Nizam erneut vorlegen ließ, bekam er sofort die Bewilligung.«

Sita lachte auf. »Wie klug von ihm!«

»Leider wird nicht überliefert, was der Nizam sagte, als

er das fertiggestellte Projekt sah. Aber Sie haben mich noch nicht gefragt, was die zweite Liebe Major Kirkpatricks war.«

»Nun, was war es?«

»Der Resident verliebte sich in ein schönes Mädchen muslimischer Herkunft namens Khair-un-Nissa.«

Sita hörte mit großen Augen zu.

»Khair-un-Nissa heißt soviel wie 'Erhabene unter den Frauen', während der blendend aussehende und als kühn geltende Resident Hushman Yug oder 'Ruhmreicher Held' genannt wurde.«

»Aber die Damen der Familie des Nizam lebten doch gewiß im *purdah*?«

»Ja, natürlich«, erwiderte Mr. Barnes. »Doch es wird berichtet, daß Khair-un-Nissa, die Tochter eines persischen Edelmannes, Kirkpatrick zufällig sah und sich in ihn verliebte.«

»Erzählen Sie bitte weiter.«

»Sie war so kühn, oder vielleicht sollte man sagen so hemmungslos, eines Abends, als er allein war, sein Haus zu betreten und ihm ihre Liebe zu gestehen. Sie sagte, da ihr Karma mit dem seinen verknüpft sei, würde sie sich zufriedengeben, den Rest ihrer Tage als niedrigste seiner Dienerinnen zu verbringen.« Mr. Barnes konnte sich ein Lachen nicht verkneifen. »Da sie sehr schön war, kann man verstehen, daß Major Kirkpatricks Verlangen erwachte.«

»Und was tat er?«

»Khair-un-Nissa gestand ihm, man wolle sie zu einer Ehe mit einem Vetter zwingen, sie aber würde ihrem Leben eher durch Gift ein Ende bereiten, als dessen Frau zu werden.«

»Sie muß Kirkpatrick sehr geliebt haben«, sagte Sita leise. »Und was geschah dann?«

Mr. Barnes zögerte, als sei die Geschichte für die Ohren eines jungen Mädchens nicht ganz passend, ehe er in gedämpftem Ton fortfuhr: »Nach der Geburt eines Sohnes entschloß sich der Major, die Schöne zu seiner rechtmäßigen Frau zu machen, und baute für sie ein Haus auf dem Gelände der Residenz.«

»War denn eine Verbindung möglich?« fragte Sita überrascht. Sie wußte noch von ihrem Vater, daß Beziehungen zwischen Engländern und Inderinnen edler Herkunft von der Ostindischen Gesellschaft verboten worden waren, da man befürchtete, der Mann könne unter den Einfluß der indischen Familie geraten.

»Der Nizam kam jeglicher Opposition von seiten seiner Familie zuvor, indem er Kirkpatrick adoptierte.«

»Und was meinten die Engländer dazu?«

Mr. Barnes lächelte. »Der Resident bekam Ärger mit der Ostindischen Gesellschaft und dem Generalgouverneur, dem Marquis von Wellesley, der eine Untersuchung anordnete.«

»Wie schrecklich!«

»Major Kirkpatrick erwies sich wieder einmal als der Klügere. Der künftige Gouverneur von Bombay, der die Untersuchung in Hyderabad leiten sollte, wurde vom Kommandanten der persönlichen Eskorte des Residenten empfangen. Er schaffte es, den künftigen Gouverneur, einen vernünftigen Schotten, davon zu überzeugen, daß sein Erscheinen in der Hauptstadt des Nizam das Ansehen des Residenten schmälern würde, selbst wenn sich die gegen ihn erhobenen Anschuldigungen als haltlos erwiesen.«

»Wie reagierte der künftige Gouverneur?«

»Er kehrte nach Kalkutta zurück. Major Kirkpatrick gelang es schließlich, sich vor dem Marquis zu rechtfertigen.«

»Was für eine aufregende Geschichte!« rief Sita aus. »Und lebten die beiden glücklich miteinander bis an ihr seliges Ende?«

»Sie sollen sehr glücklich gewesen sein. Major Kirkpatrick ließ für seine Frau eine *zenana* erbauen.«

»Existiert sie noch? Kann man sie besichtigen?«

»Ja, natürlich. Sie ist mit kostbaren Blumen- und Vogelbildern geschmückt, und Springbrunnen spenden Kühlung. Eine hohe Mauer umschließt die ganze Anlage. Der Garten wird 'Garten der Begum' genannt. Die Mitarbeiter des Residenten sahen ihn zwar oft den Weg zur *zenana* gehen, nie aber gelang es jemandem, einen Blick auf seine Gemahlin zu erhaschen, die streng zurückgezogen lebte und sich auch nicht sehen ließ, um die Residenz nach der Fertigstellung zu bewundern.«

»Wie traurig! Sie muß sich danach verzehrt haben, das Gebäude zu sehen.«

»Ihr Mann ließ ein Modell davon in ihrem Garten aufstellen, so daß sie eine Vorstellung davon hatte, wie seine Residenz aussah. Daß ihr Garten später zum Spielplatz für die Kinder der nachfolgenden Residenten wurde, ist nicht verwunderlich. Mit der Zeit aber nisteten sich dort

Schlangen ein, so daß man die Überreste der verwilderten Anlage lieber meidet.»

Sita lauschte wie verzaubert.

Mr. Barnes, den ihr Interesse freute, erzählte ihr noch ein wenig von der Geschichte des Palastes und schließlich vom gegenwärtigen Nizam.

Als Sita erfuhr, daß er immer auf einem Elefanten geritten kam und von zwei weiteren eskortiert wurde, wenn er dem Residenten einen Besuch abstattete, klatschte sie begeistert in die Hände. »Ich hoffe sehr, daß ich ihn und die Elefanten einmal zu sehen bekomme, solange ich hier bin!«

Ihre Freude ließ Mr. Barnes auflachen. »Das ist sogar sehr wahrscheinlich, da der Nizam, der vor kurzem erst großjährig geworden ist, demnächst vom Vizekönig inthronisiert werden soll.«

»Heißt das, daß er hierherkommen wird?« fragte Sita atemlos.

Mr. Barnes nickte. »Ich denke, die überaus prunkvolle und farbenprächtige Zeremonie dürfte bei Ihnen einen unauslöschlichen Eindruck hinterlassen.«

Sita strahlte ihn an. Unwillkürlich mußte sie wieder an den geheimnisvollen Fremden denken. Er hatte sich nicht geirrt: Dieses Land übte in der Tat einen Zauber auf sie aus, dem sie sich nicht entziehen konnte.

Später erfuhr sie, daß sich unter den Gästen des Residenten unter anderem der Dichter und Schriftsteller Wilfrid Scawen Blunt und seine Gattin Lady Anne, eine Enkelin Lord Byrons, befanden. Lady Anne war sehr reich, während der gutaussehende und einer vornehmen Familie entstammende Blunt nahezu mittellos war.

Blunt, ein Mann von ungestümer Wesensart, galt als vehementer Befürworter der Selbstherrschaft aller unter britischer Herrschaft stehenden Völker. Sein Versuch, die politische Situation in Ägypten zu verändern, war gescheitert. Jetzt brannte er darauf, seine Theorien in Indien in die Tat umzusetzen.

Bei seinem Eintreffen in der Residenz von Hyderabad hatte Blunt sogleich verkündet: »Ich trete dafür ein, die gesamte Verwaltungsstruktur Indiens neu zu ordnen.«

Der Resident meinte dazu lächelnd: »Wenigstens handelt es sich bei ihm um einen erklärten Feind.«

Blunt erfaßte sehr rasch die Bedeutung Sir Harveys; er erfuhr auch von dessen Besuch beim Vizekönig in Kalkutta und daß der Vizekönig Sir Harveys Rat im Hinblick auf das Reformgesetz erbeten hatte. In Kalkutta hatte er bereits gehört, daß die Aussichten für dieses Gesetz nicht günstig seien und der Widerstand der Anglo-Inder es zu Fall bringen würde.

»Ich begreife nicht, wie man auf die Anglo-Inder hören kann!« hörte Sita Wilfrid Blunt ausrufen.

Das Schweigen, mit dem diese Bemerkung von den Anwesenden, unter denen sich auch der Erste Sekretär des Residenten befand, quittiert wurde, verriet Sita, welche Haltung diese in der Sache einnahmen.

Die Situation wurde noch brenzliger, als bekannt wurde, daß Blunt einem allzu optimistischen indischen Zeitungsredakteur, der vorgeschlagen hatte, Indern solle der Zutritt zum Staatsdienst gewährt werden, erklärt hatte: »Nichts wird geschehen ohne eine Revolution!«

Da Sita nicht wußte, was sie davon halten sollte, und da

alles für sie so neu war, ertappte sie sich wieder bei dem Wunsch, diese Themen mit ihrem geheimnisvollen Freund besprechen zu können. Er würde mir alles erklären, dachte sie sehnsüchtig.

Sie war überzeugt davon, daß er, auch wenn er den Inder nur spielte, wie sie vermutete, wissen würde, welche für Indien die beste Lösung sei.

Am dritten Abend herrschte jedenfalls eine eigenartige Frostigkeit bei Tisch, und Sita, die stets sehr empfänglich für Stimmungen war, merkte, daß ein Teil der noblen Gäste Wilfrid Blunt, der noch dramatischer als sonst seinen Standpunkt vertrat, auffallend schnitt.

»Was ist passiert?« fragte sie Mr. Barnes, den einzigen in der Residenz, der stets willens war, auf ihre Fragen einzugehen.

»Ich fürchte, unser Dichter ist ziemlich in Ungnade gefallen.«

»Warum?«

»Heute traf er in der Stadt mit einigen Muslimen zusammen und erklärte, alle Nationen seien reif für die Selbstbestimmung, die Inder aber am reifsten.«

Daß diese Haltung bei den Engländern auf wenig Gegenliebe stoßen würde, war Sita klar.

Die Besprechungen mit den Vertretern des Nizam, die ihn nach Hyderabad eingeladen hatten, nahmen Sir Harvey so sehr in Anspruch, daß ihm keine Zeit blieb, mit ihr zu sprechen oder ihr Anweisungen zu geben, ein Umstand, den Sita mit großer Erleichterung registrierte.

Nun konnte sie ungestört Streifzüge durch die Stadt unternehmen, die noch viel faszinierender war, als sie vermutet hatte. Sita genoß es aus ganzem Herzen, in der Kutsche des Residenten — in Begleitung eines Adjutanten und beschützt von zwei Gardisten — auszufahren. Es amüsierte sie, wenn die Menschen in den engen Straßen Platz für das Gefährt machten. Winkte Sita ihnen zu, winkten die Inder mit einem Ausdruck zurück, den sie als Mischung aus Sympathie und Interesse deutete.

Sie erfuhr auch, daß es außerhalb der Stadt zahlreiche interessante Sehenswürdigkeiten gab, die zu Pferd leichter zu erreichen waren als mit einem anderen Transportmittel.

Ein wenig zaghaft fragte sie Mr. Barnes, ob sich wohl ein Ausritt arrangieren ließe. Als dieser ihr versicherte, nichts sei einfacher als das, hatte sie so große Angst, ihr Onkel würde ihr einen Strich durch die Rechnung machen, daß sie ihm von ihrem Vorhaben lieber nichts erzählte.

»Ich glaube, die Grabmäler der 'Quth Shahi Könige' müßten Sie interessieren«, sagte Mr. Barnes. »Leider kann ich Sie nicht begleiten, aber ich gebe Ihnen zwei Begleiter zu Ihrem Schutz mit. Sie tun gut daran, zeitig am Morgen aufzubrechen, ehe es zu heiß wird.«

Sita, die vor Aufregung kaum Schlaf finden konnte, war schon früh wach. Rasch schlüpfte sie in das leichte Reitkostüm, das sie in weiser Voraussicht mitgenommen hatte. Es bestand aus einem weiten Rock aus blauem Pikee und einem mit weißer Litze eingefaßten Jackett. Das Kostüm saß nicht perfekt, doch dafür paßte das Material zu ihrer Augenfarbe und kleidete sie vorteilhaft, wie Sita wußte. Wenn es später zu heiß werden sollte, konnte sie die Jacke ablegen und in der dünnen Musselinbluse reiten, die sie günstig in einem Ausverkauf erstanden hatte.

Ihre Vermutung, sie würde sich inmitten der eleganten und prächtig gekleideten Damen, die als Gäste des Residenten hier weilten, wie ein kleiner grauer Spatz ausnehmen, hatte sich als zutreffend erwiesen. Lady Anne erschien jeden Abend in einem anderen Abendkleid — alle so elegant, daß Sita sich jeden Gedanken, mit ihr zu wetteifern, aus dem Kopf schlug.

Dennoch wirkte sie mit ihrem hellen, makellosen Teint, den strahlend blauen Augen, die wie Diamanten blitzten, und ihrer zarten Gestalt so liebreizend und anmutig, wie es keine noch so teure Garderobe bewirken konnte.

Nach dem Frühstück, das sie allein einnahm, da es für ihren Onkel zu früh war, hinterließ sie ihm die Nachricht, daß sie auf einem Ausritt sei. Sodann beeilte sie sich, zu den wartenden Pferden und ihren Begleitern zu kommen.

Da Sita mit ihrem Vater viel geritten war, war sie eine gute Reiterin, die auch mit dem widerspenstigsten und störrischsten Pferd fertig wurde. Das Pferd, das man ihr jedoch nun zur Verfügung stellte, war ein ungewöhnlich edles Tier, das allerdings viel Bewegung brauchte, wie sie sofort merkte. Zugleich aber war es gut zugeritten und hatte nichts dagegen, anstatt eines Mannes zur Abwechslung eine Dame im Sattel zu tragen.

Sie ritten los und ließen die Stadt bald hinter sich. Dem Musi River folgend ritten sie in westlicher Richtung weiter. Nachdem sie die Kaserne der Siddi Risala, des Afrikanischen Kavallerieregimentes des Nizam, passiert hatten, erreichten sie freies, unberührtes Land, übersät von gewaltigen kahlen, grauen Felsblöcken, wie Sita sie noch nie zuvor gesehen hatte.

Sie ritten weiter, stetig einer staubigen Spur folgend, obgleich Steine und Geröll ihnen das Weiterkommen erschwerten.

Der ältere ihrer beiden Begleiter sprach ein wenig Englisch und machte sie auf das in der Ferne sichtbare Goldonda Fort aufmerksam. Sita nahm sich vor, das Fort ebenfalls zu besuchen, sollte sich eine Gelegenheit dazu ergeben. Die große Festung war einst Sitz der 'Quth Shahi Potentaten' gewesen und hatte Marco Polo sowie die großen Herrscher Akbah und Shaz Jehan mit seiner Größe geblendet.

»Das Fort ist uneinnehmbar, Lady *sahib*», sagte ihr Begleiter. »Nur durch Verrat einmal erobert.«

Der Stolz, der aus seinen Worten herausklang, entlockte ihr ein Lächeln. »Du mußt mir das Fort bei Gelegenheit zeigen«, bat sie freundlich.

Noch eine Meile, und sie waren vor den Grabmälern angelangt. Als sie ein graues, zu einem großen Garten führendes Tor durchritten, erblickte Sita die Kuppeln der Grabmäler, die sich malerisch gegen den blauen Himmel abzeichneten. Es war ein atemberaubender Anblick.

Da sie bei der Besichtigung allein sein wollte, wies sie nach dem Absitzen ihre Begleiter an, an Ort und Stelle zurückzubleiben.

Die Männer führten daraufhin die Pferde in den Schatten eines großen blühenden Baumes und ließen sich dort nieder.

Sita stieg die Stufen zum ersten Grabmal hinauf. Es

war ein viereckiges Gebäude mit einer großen Kuppel. Der Innenhof war von einer Spitzbogengalerie umgeben.

Der Ort strahlte einen eigentümlichen Zauber aus. Mit klopfendem Herzen ging Sita umher und wagte kaum zu atmen.

In der Mitte der Grabkammer befand sich — direkt unter der Kuppel — ein flacher Grabstein, und als sie dastand und den Stein betrachtete, konnte sie sich des Gefühls nicht erwehren, der König würde von jenen, die ihm, als er noch am Leben war, gedient und ihn geliebt hatten, bewacht.

Sie ging ein paar Stufen hinunter und dann wieder hinauf zum nächsten Grabmal. Dabei glaubte sie zu spüren, daß die Leere nicht jene von Einsamkeit und Tod war, sondern daß die Geister der Toten, besser gesagt die Geister des Lebens, noch zugegen waren.

Als sie zum dritten Grabmal gelangte, das ein wenig abseits stand, sah sie sofort, daß sie nicht allein war: In einer Ecke stand ein Mann. Unwillig darüber, daß ein Fremder die sonderbaren Gefühle störte, die sich immer intensiver in ihr ausbreiteten, wollte sie sich abwenden und das nächste Grabmal aufsuchen. Doch irgend etwas hielt sie noch zurück. Sie trat einen Schritt näher, und plötzlich stieß sie einen Schrei aus.

»Sie sind es!« rief sie glücklich. »Wirklich Sie! Eben dachte ich an Sie!«

»Ich hörte, Sie wollten diese Grabmäler besichtigen, und ich wollte Sie sehen«, sagte er mit seiner tiefen Stimme.

»Sie wußten es? Von wem denn?«

»Ist das so wichtig?«

Nun trat er aus dem Schatten heraus, und sie sah, daß er noch immer indische Kleidung trug. Sie hatte jedoch den Eindruck, daß es andere Sachen waren als auf dem Schiff, fast so, als gehöre er jetzt einer anderen Kaste an, doch sie war in diesen Dingen zu unwissend, um ihrer Sache sicher sein zu können.

Er streckte seine Hand aus und ergriff die ihre, um sie ins Freie zu ziehen, auf eine Stelle zu, wo eine Mauer sie vor Blicken schützte.

Sita ließ sich auf einer Steinbank nieder, der Fremde setzte sich neben sie.

»Wo waren Sie? Was haben Sie gemacht?« wollte sie wissen. »Ich dachte, ich würde Sie in Kalkutta sehen. Und als ich von dort fortfuhr, da fürchtete ich schon, ich würde Sie nie wiederfinden.«

Er lächelte nur. Da Sita ihn zum erstenmal bei Tageslicht sah, fiel ihr auf, daß er auf eine ungewöhnliche Art sehr attraktiv war. Wie schon bei ihrer ersten Begegnung stellte sie fest, daß seine Hautfarbe dunkler war als die eines Engländers, dennoch war nicht zu erkennen, ob er Brite oder Inder war.

»Wie konnten Sie nur von Bord gehen, ohne mir etwas über sich zu verraten? Das war gar nicht nett von Ihnen«, meinte sie vorwurfsvoll.

»Wenn die Zeit gekommen ist, dann werde ich auf diese und viele andere Fragen antworten«, erwiderte er. »Aber jetzt möchte ich etwas über Sie erfahren. Nun, gefällt es Ihnen hier?«

Ihre Augen leuchteten auf. »Sie hatten ja so recht! Alles ist so wundervoll, wie Sie es mir geschildert haben! Aber es gibt so vieles, das ich verstehen möchte . . . so vieles, das ich erfahren möchte und von dem ich glaube, daß Sie allein es mich lehren können.«

»Und warum glauben Sie das?«

Sie wich seinem Blick aus. »Ich glaube, weil Sie mich retteten und mir dann Dinge bewußt gemacht haben, über die ich nie zuvor nachgedacht habe.«

»Und das hat Ihnen geholfen?«

»Ja, natürlich . . .« Sie hielt inne, ehe sie in gedämpftem Ton fortfuhr: »Als ich eben das erste Grabmal betrat, da hatte ich das Gefühl, als begriffe ich, was Sie mir sagten . . . nämlich daß ich in Indien spirituelle Erfahrungen sammeln würde.«

»So ergeht es mir auch immer, wenn ich hier bin«, meinte er lächelnd, »und es hätte mich sehr enttäuscht, wenn Sie nur die Grabsteine längstverstorbener Könige entdeckt hätten.«

»Ich spürte, daß sie gar nicht tot sind«, sagte Sita einfach. »Im ersten Grabmal hatte ich das Gefühl, es enthalte etwas Lebendes, etwas, das ich nicht in Worte fassen kann.«

»Das ist auch nicht nötig«, sagte der Mann an ihrer Seite. »Es wäre sogar ein Fehler. Was man in Indien empfindet, spürt man nur innerlich. Es gibt keine Worte, die es widergeben könnten.«

»Aber ich möchte es auch mit meinem Verstand erfassen.«

»Das werden Sie mit der Zeit. Aber jetzt sagen Sie mir, was Sie von der Residenz halten.«

»Sie ist großartig, und sie ist erfüllt von Liebe!« erwiderte Sita impulsiv.

Der Mann lachte auf. »Offenbar hat man Ihnen die Geschichte des Erbauers erzählt.«

»Ja, eine sehr romantische Geschichte.«

»Und Sie . . . sind empfänglich für Romantik?«

Sie wandte den Blick ab, ehe sie ein wenig schüchtern antwortete: »Alle waren sehr nett zu mir, aber ich glaube, ich würde alles noch viel schöner finden, wenn Sie zur Stelle wären, um mir alles zu erklären, was ich nicht verstehe.«

»Gewiß gibt es viele, die Ihnen jede Frage gern beantworten«, meinte er trocken.

»Das stimmt, man beantwortet mir Fragen zur Residenz und zur Stadt, aber nicht zu dem wahren Indien, von dessen Existenz Sie sprachen und das ich zu finden versuche.«

»Ist es Ihnen so wichtig?«

»Ich spüre, daß es sehr wichtig ist.«

»Dann wird es sich Ihnen mit der Zeit zeigen, aber wie ich schon sagte, Sie dürfen den Glauben nicht verlieren.« Er lächelte zufrieden.

»Ich weiß, daß Sie glücklich sind. Ein Schritt in die richtige Richtung.«

Sie dachte an jenen Moment, als sie ihm gestanden hatte, wie sie den Tod herbeisehnte. Errötend fragte sie nun: »Halten Sie mich immer noch für töricht und schlecht?«

»Nein, ich glaube vielmehr, Sie machen jetzt Ihrem Namen alle Ehre und halten sich sehr tapfer.«

»Etwas Netteres hätten Sie nicht sagen können, doch

fürchte ich, daß ich dieses Kompliment herausgefordert habe.« Sie zögerte einen Moment, dann fragte sie leise: »Wann werde ich Sie wiedersehen?«

»Das wissen allein die Götter, aber ich glaube nicht, daß viel Zeit vergehen wird.«

Sita seufzte. »Gewiß können Sie sich denken, daß ich diese Geheimnistuerei deprimierend finde. Ich möchte mit Ihnen immer sprechen können, und ich möchte, daß Sie mich vieles lehren.«

Er schüttelte den Kopf. »Im Moment läßt sich daran nichts ändern. Tatsächlich verstoße ich wieder gegen meine Spielregeln, indem ich gekommen bin, um Sie zu sehen. Aber ich mußte mich unbedingt davon überzeugen, daß Sie glücklich sind.«

»Ich bin überglücklich«, sagte Sita, »und ich bin vor allem sehr froh darüber, daß ich nach Indien gekommen bin, anstatt im Roten Meer zu ertrinken — was unweigerlich geschehen wäre, hätten Sie mich nicht davor bewahrt.«

»Sie sollen nicht mehr daran denken«, sagte er mit Nachdruck. »Gottlob ist es nicht soweit gekommen und wird auch nicht geschehen.«

Sita senkte die Augen und flüsterte: »Sie wissen sicher, daß Sie verantwortlich für einen Menschen sind, dem Sie das Leben gerettet haben? Ich habe Angst, daß ich Sie nicht mehr finden kann, wenn Sie jetzt wieder verschwinden.«

»Wir sind in Indien. Sie haben gewiß gehört, daß die Inder mittels Gedankenübertragung miteinander in Kontakt treten können, mag die Entfernung auch noch so groß sein.«

»Ich habe darüber gelesen . . . aber ist es auch wahr?«

»Es ist wahr! Ich weiß noch, wie einst ein Mann zu mir kam und sagte, sein Vater sei gestorben und er müsse unverzüglich zurück zu seiner Familie.« Er schwieg einen Moment. »Sein Vater lebte an die zweihundert Meilen weit entfernt, und es gab keine Möglichkeit, wie seine Familie sich mit ihm in Verbindung hätte setzen können.«

»Und Sie ließen ihn gehen?«

»Es kostete viel Mühe, seinen Vorgesetzten, der seine Bitte bereits abgeschlagen hatte, zu überzeugen, daß der Mann sich nicht unter einem Vorwand einen Ruhetag verschaffen wollte.«

»Und er ging zu seiner Familie?«

»Ja, schließlich fuhr er hin, und eine Woche später erhielt ich die Bestätigung, daß sein Vater genau zu dem Zeitpunkt gestorben war, als er es fühlte.«

Sita sah mit großen Augen zu ihm auf. »Wollen Sie damit sagen, daß ich Ihnen auf diese Weise etwas mitteilen kann, wenn ich möchte und es sehr wichtig ist?«

»Ganz recht. Glauben Sie mir, ich werde Sie nicht nur hören, ich werde, wenn es menschenmöglich ist, auch kommen.« Er stand auf. »Ich glaube, Sie gehen jetzt besser zu Ihren Begleitern zurück. Sie machen sich womöglich schon Gedanken, ob Ihnen etwas zugestoßen sein könnte. Es wäre übrigens besser, wenn man Ihnen bei Ausflügen einen Adjutanten als Begleiter gäbe.«

»Warum? Hier ist doch niemand, und falls mich jemand erschreckt, sind die Diener in Rufweite.«

»Ja, ich weiß. Doch die Gäste des Residenten stehen meist unter besonderem Schutz seiner Leibgarde.«

Sita rümpfte die Nase. »So viel Aufmerksamkeit bin ich nicht gewohnt. Ehrlich gesagt, wäre sie mir lästig.«

Der Mann lachte. »Sie werden sich daran gewöhnen. Welche Frau würde es nicht genießen, wenn man um sie Aufhebens macht, damit sie sich fühlt wie ein kostbares Kleinod?«

»Wie ein Kleinod . . . was für ein hübscher Gedanke. Da ich niemals Schmuck besitzen werde, gefällt mir der Gedanke, selbst ein Kleinod zu sein.«

Der Mann schwieg, sah sie aber mit einem Blick an, der sie verlegen machte.

Rasch sagte sie: »Was spielt es für eine Rolle, daß ich keinen Schmuck habe oder meine Kleiner nicht mit denen der Damen in der Residenz mithalten können, wo es doch in diesem Land so viel Armut gibt! Was ich in Kalkutta zu sehen bekam, hat mich entsetzt, und auch hier sieht man zuweilen zum Skelett abgemagerte Menschen.«

»Irgendwie schaffen sie es zu überleben, doch es freut mich, daß Sie sie nicht übersehen haben und daß Sie nicht vergaßen, daß es sich um menschliche Wesen handelt, wie immer es um ihr Leben bestellt sein mag.«

»Natürlich sind es menschliche Wesen!« rief Sita aus. »Ich würde ihnen gern helfen, aber wie Sie wissen, bin ich kaum fähig, mir selbst zu helfen.«

»Ich denke, Sie schaffen es sehr gut. Soll ich Ihnen verraten, daß ich auf meine Schülerin sehr stolz bin?«

Sie sah flehentlich zu ihm auf. »Meinen Sie das im Ernst? Oder sagen Sie es nur, um mir eine Freude zu machen?«

»Ich meine es ernst. Aber jetzt müssen Sie zurück zu

Ihrer Eskorte. Hören Sie nicht auf, nachzudenken und zu träumen. Es war das, was ich erwartete, und Sie haben mich nicht enttäuscht.«

Wohl wissend, daß er sie zum Gehen veranlassen wollte, sah Sita ihn unentschlossen an, ehe sie fast wie ein Kind fragte: »Sie werden bestimmt an mich denken?«

»Das werde ich.«

Sein Lächeln fiel auf sie wie Sonnenschein. Sita drehte sich um und ging durch das offene Tor des Grabmals, um auf der gegenüberliegenden Seite wieder ins Freie zu treten.

Zwei Treppen hatte sie hinter sich zu bringen, ehe sie die Stelle erreichte, wo ihre Begleiter warteten.

Sie schaute sich kein einziges Mal um, denn es wäre ihm gewiß nicht recht gewesen, da die beiden Männer Verdacht hätten schöpfen können, sie habe sich mit jemandem getroffen.

Man brachte ihr das Pferd an den Fuß der Treppe, so daß sie von der untersten Stufe aus leicht aufsitzen konnte.

Sita faßte nach den Zügeln und durchritt, gefolgt von ihrer Eskorte, langsam das Tor, durch das sie in den Garten gelangt waren.

Nichts verriet ihre innere Erregung. Das ungestüme Pochen ihres Herzens konnte zum Glück niemand hören.

4

Als Sita am nächsten Morgen mit ihrem Onkel beim Frühstück saß, betrat einer der Adjutanten den Salon.

»Guten Morgen, Sir Harvey, guten Morgen, Miß Arran«, grüßte der Mann höflich. »Ich bringe Ihnen den Terminkalender für den heutigen Tag.« Er legte Sir Harvey einen eng beschriebenen Bogen vor. Dann sah der Mann Sita an.

»Mr. Barnes bat mich, Ihnen zu sagen, Miß Arran, daß er sich freuen würde, Ihnen in einer Stunde den ‘Garten der Begum’ zeigen zu dürfen, falls Sie nichts anderes vorhaben, versteht sich. Sie äußerten großes Interesse an der Anlage.«

»Ich kann es kaum erwarten!« rief Sita aus. »Wie liebenswürdig von ihm! Wo treffen wir uns?«

»Er wird Sie hier abholen, Miß Arran. Vielleicht interessiert es Sie auch, daß heute eine große Dinnerparty mit fünfzig Gästen stattfindet, unter ihnen einige der vornehmsten und einflußreichsten Muslime. Als Einlage ist eine Darbietung indischer Tänze vorgesehen.«

»Wie aufregend!«

»Anschließend werden die jüngeren Gäste vielleicht im kleinen Ballsaal das Tanzbein schwingen wollen«, fuhr der Adjutant lächelnd fort.

»Das klingt ja wundervoll!«

»Es handelt sich um eine ganz kleine Angelegenheit. Erst wenn der Vizekönig in zwei Wochen zu Besuch kommt, wird es größere Festlichkeiten geben.«

»Darauf freue ich mich schon sehr«, sagte Sita. »Ich

kann nur hoffen, daß wir dann noch hier sein werden.« Dabei sah sie ihren Onkel fragend an.

Nach kurzem Überlegen meinte er: »Das hängt davon ab, wie die Besprechungen verlaufen. Wenn es so langsam vorangeht wie bis jetzt, dann werden wir nicht nur den Februar, sondern auch noch den März und April hier verbringen.«

Der Adjutant lachte. »Sir, Sie werden leider feststellen müssen, daß Inder an einem Tag ihre Zustimmung geben und am nächsten Tag wiederkommen und alles widerrufen.«

Um Sir Harveys Lippen zuckte ein Lächeln. »Das mußte ich in der Vergangenheit bereits feststellen. Das bedeutet aber auch, daß Mr. Blunts hitzköpfige Pläne bei diesem Tempo Jahre oder gar Jahrhunderte benötigen, ehe sie in die Tat umgesetzt werden.«

»Das stimmt«, gab ihm der Adjutant recht. »Und es beruhigt mich ungemein.« Er verbeugte sich und ging zur Tür. Dort wandte er sich noch einmal um. »Ach übrigens . . . Miß Arran, gewiß interessiert es Sie zu hören, daß der Nizam übermorgen kommen soll, um mit dem Residenten über die Ernennung eines neuen Premierministers zu beraten.«

»Er kommt her? Auf einem Elefanten?«

»Auf einem wird er reiten, und zwei andere führt er mit«, erwiderte der Adjutant lächelnd und schloß die Tür hinter sich.

Sita klatschte aufgeregt in die Hände. »Hast du gehört, Onkel Harvey? Ich habe mir so sehr gewünscht, den Nizam und seine festlich herausgeputzten Elefanten zu sehen.«

»Du wirst bald merken, daß unser Gastgeber über diesen Besuch nicht annähernd so begeistert ist«, bemerkte Sir Harvey nüchtern.

»Warum nicht?«

»Eine Erklärung wäre zu kompliziert, und du würdest sie ja doch nicht verstehen, aber kurz gesagt: Cordery möchte, daß der Nizam einen reifen und vernünftigen Mann zum Premierminister ernennt, während Blunt beim Vizekönig seine Drähte zieht, um irgendeinen grünen Wichtigtuer von ganzen zweiundzwanzig Jahren durchzusetzen!« Damit erhob Sir Harvey sich und ging an seinen Schreibtisch.

Sein Ton verriet Sita, daß weitere Fragen zwecklos waren. Dennoch lagen sie ihr auf der Zunge, denn es gab unzählige Dinge, die sie wissen wollte.

Sie stieß einen leisen Seufzer aus. Es ist so frustrierend, daß alle Welt der Meinung ist, Frauen sollten sich nicht für Politik interessieren, dachte sie. Ich bekomme immer nur so viel zu hören, daß meine Neugierde geweckt wird, aber zuwenig, um die Zusammenhänge zu verstehen.

Sie trat ans Fenster, um hinunter in den Garten zu schauen. Dabei wanderten ihre Gedanken wieder zu dem einzigen Mann, von dem sie das Gefühl hatte, er könne ihr alles begreiflich machen.

Ihr war inzwischen klar geworden, daß innerhalb der Residenz die Vertreter zweier unterschiedlicher Standpunkte gegeneinander kämpften. Der Resident, Mr. Cordery, und sein Mitarbeiterstab schienen die Einstellung des Vizekönigs nicht im geringsten zu billigen — ebensowenig wie ihr Onkel. Mr. Blunt hingegen sah sich seinem

Ziel durch Lord Ripons geplante Reform ein Stückchen näher gebracht.

Und ich möchte wissen, welcher Standpunkt der günstigste für Indien ist, dachte Sita. Wieder einmal stellte sie bedauernd fest, daß bei der kurzen Begegnung mit ihrem Freund vor dem Grabmal die Zeit so knapp gewesen war, daß sie nur von sich selbst hatte sprechen können.

In diesem Moment betrat der *jemadar,* der oberste Diener der ihnen zugeteilten Dienerschaft, das Zimmer.

»Was gibt es, Amar« fragte sie.

»Der *darzi* ist da, Lady *sahib,* und wartet auf Ihre Anweisungen.«

»Ein Schneider? Das muß ein Irrtum sein.«

»Nein, Lady, er hat Geschenke bei sich und will machen, was Sie wünschen.«

»Das verstehe ich nicht.«

»Lady *sahib* kommen und sehen selbst.«

Amar ging ihr durch die Salontür voraus und weiter durch eine offene Tür auf eine Veranda. Dort wurde sie von einem kleinen älteren Mann erwartet, der sich bei ihrem Erscheinen tief verbeugte, um ihr sodann ein in buntes Papier gehülltes Paket zu überreichen und sich in eine wortreiche Erklärung zu stürzen.

»Er sagt«, übersetzte Amar, »er bringt für Lady *sahib* ein Abendkleid und eines für den Tag, und er bittet um ein Muster zum Kopieren.«

»Von wem kommt das Geschenk?« wollte Sita wissen.

Amar gab die Frage weiter. Als Antwort kam wieder eine langatmige Erklärung, die nicht mehr und nicht weniger bedeutete, als daß er keine Ahnung habe. Man hatte ihm nur Anweisung gegeben, damit zur Residenz zu gehen.

»Und wer war es, der ihm diese Anweisung gab?«

Der Schneider hatte sie von einem anderen Schneider bekommen, der ihm auch das Paket gegeben und ihm gesagt hatte, er solle sich beeilen. Mehr wußte er nicht.

Da sie ihre Neugierde nicht bezähmen konnte, wickelte Sita das Paket aus und stieß gleich darauf einen entzückten Schrei aus. Das Paket enthielt viele Ellen eines wunderschönen Materials, das eine Inderin zweifellos zu einem Sari hätte verarbeiten lassen. Auf weißem Hintergrund war mit echten Silberfäden ein Muster gestickt, das aussah wie winzige Sternchen.

Ein Blick genügte, und Sita konnte sich die Frage nach dem edlen Spender sparen. Sofort wurde sie von Gewissensbissen überfallen, weil sie das Gefühl hatte, im Gespräch mit ihrem Beschützer ein solches Geschenk praktisch herausgefordert zu haben. Zugleich aber war sie überglücklich, weil ihr wohl bewußt war, wie unscheinbar sie auf der bevorstehenden Tanzparty ausgesehen hätte.

Neben dem silber-weißen Stoff lag, säuberlich zusammengerollt, blauer Chiffon, der wundervoll zu ihren Augen paßte.

Da sie es herrlich aufregend fand, ein solches Geschenk zu bekommen, und auch keine Möglichkeit sah, es zurückzugeben, lief sie in ihr Schlafzimmer, um eines ihrer Abendkleider und ihr bestes Nachmittagskleid zu holen.

Der *darzi* begutachtete die Kleider so genau, daß sie das Gefühl bekam, er wüßte genau, was sie sich vorstellte. Plötzlich fiel ihr etwas ein, und sie bekam es mit der

Angst zu tun. In völlig verändertem Ton fragte sie: »Was wird er als Machlohn für die zwei Kleider verlangen?«

Wieder nahmen Frage und Antwort einige Zeit in Anspruch, bis Amar versicherte: »*Darzi* sagt, Stoff und Nähen sei Geschenk. Kein Machlohn, Lady *sahib.* Er gut bezahlt worden.«

Erleichtert atmete Sita auf.

Zwar war ihr bewußt, daß ihre Mutter es nie gebilligt hätte, daß sie von einem Mann, von dem sie nicht einmal den Namen kannte, ein Geschenk annahm. Doch daran ließ sich jetzt nichts mehr ändern.

Sie beruhigte ihr Gewissen, indem sie sich sagte: Er ist ja kein richtiger Fremder. Er rettete mir das Leben, und damit nimmt er eine besondere Stellung ein, die ihn von allen anderen Männern unterscheidet.

Wie gern hätte sie sich bei ihm bedankt! Es erfüllte sie mit ohnmächtigem Zorn, daß sie außer in Gedanken nicht mit ihm in Verbindung treten konnte.

Mr. Barnes kam, um sie abzuholen, und gemeinsam besichtigten sie nun den 'Garten der Begum', in dem Major Kirkpatrick für die Frau, die er liebte, ein Modell der Residenz aufgestellt hatte.

Noch nie hatte Sita etwas so Schönes, Abgeschiedenes und Verwunschenes gesehen! Sie spürte ganz deutlich, daß die Liebe, die Khair-un-Nissa für ihren Mann empfunden hatte, diesem Ort eine ganz bestimmte Aura verlieh, die weder die Zeit noch die nachfolgenden Bewohner auszulöschen vermocht hatten.

Fast so, als sähe sie die Kinder der Liebenden in dem geheimen Garten mit dem kleinen, zum Spielen einladenden Palast umherlaufen, fragte sie: »Waren die Kinder aus dieser Ehe eigentlich glücklich?«

Mr. Barnes lächelte. »Diese Frage habe ich mir selbst auch schon oft gestellt. Leider kenne ich die Antwort nicht«, sagte er.

»Ich habe oft gehört, daß Gemischtrassige, obwohl sehr intelligent, oft unglücklich sind, weil sie von keiner Seite voll akzeptiert werden«, meinte Sita zögernd.

»Das ist richtig. Da ich in Ihnen die Romantikerin erkenne, Miß Arran, lassen Sie uns hoffen, daß die Kinder der Kirkpatricks Ausnahmen waren.« Nach einer Pause fügte er hinzu: »Wie Sie schon sagten, sind die Gemischtrassigen oder Eurasier, wie man sie zu nennen pflegt, meist hochintelligent.«

Er hatte noch nicht ausgeprochen, als Sita plötzlich einfiel, daß dies die natürlichste Erklärung für das außergewöhnliche Wesen ihres Retters war. Seine Sprache war die des gebildeten Engländers, also mußte sein Vater Engländer gewesen sein, und seine Haut war dunkel, weil er eine Inderin zur Mutter hatte.

Vielleicht ist das der Grund für seine Klugheit und auch dafür, daß er beim 'Großen Spiel' mitmacht, überlegte sie. Da er seiner gespaltenen Herkunft wegen gewiß zu leiden gehabt hatte, hätte sie ihn gern getröstet und ihm gesagt, wie sehr sie die Konflikte nachempfinden konnte, denen er seit seiner Kindheit ausgesetzt war.

Es gab noch viele Fragen, die sie Mr. Barnes stellen wollte, doch da kam ein Adjutant durch den Garten auf sie zu. Er hatte sich so beeilt, daß er atemlos und mit Schweißtropfen auf der Stirn bei ihnen anlangte.

»Was gibt es, Carstairs?« fragte Mr. Barnes.

»Im Bazar gibt es Unruhen«, erwiderte der Mann. »Captain Robertson ist sofort mit einer Kompanie ausgerückt. Der Resident ist der Meinung, man sollte die Truppen in Bereitschaft halten, für den Fall, daß Verstärkung erforderlich sein sollte.«

»Ja, natürlich«, sagte Mr. Barnes. »Ich komme sofort mit und veranlasse alles unverzüglich.«

»Um was für Unruhen handelt es sich?« fragte Sita erschrocken, während sie mit Mr. Barnes zum Hauptgebäude zurückkehrte.

»Wir befürchten schon seit geraumer Zeit eine Eskalation«, gab Mr. Barnes zurück. »Zwischen den Muslimen und Hindus gibt es ständig Spannungen, weil jemand — wer wissen wir nicht — die Leute aufwiegelt.«

»Es ist doch nichts Ernstes, oder?« fragte Sita, die an die Greuel und Schreckenstaten dachte, zu denen es während des Indischen Aufstandes gekommen war.

Mr. Barnes schüttelte den Kopf und beruhigte sie, als könne er Gedanken lesen: »Nein, nein, keine Angst! Es handelt sich um Reibereien zwischen den Extremisten beider Seiten, die — wie gesagt — immer wieder vorkommen.«

Sita nickte und ging ihren eigenen Überlegungen nach. Plötzlich kam ihr der Gedanke, daß Wilfrid Blunt vielleicht hinter den Unruhen steckte. In diesem Zusammenhang drängte sich ihr unwillkürlich die Frage auf, ob dies womöglich der Grund dafür sei, daß ihr Freund in Verkleidung auftrat. Zweifellos würde das 'Große Spiel' dafür sorgen, daß die Ruhe in der größten indischen Provinz nicht gestört würde.

Wenn mir nur jemand ganz genau erklären würde, was hier vorgeht! dachte Sita verzweifelt.

Die Dinnerparty, die am Abend in der Residenz gegeben wurde, war sehr eindrucksvoll. Wie beim Bankett im Haus des Vizekönigs in Kalkutta stand hinter jedem Stuhl ein Lakai, *knitmagar* genannt, in Weiß, Rot und Gold gekleidet.

Die Herren waren mit ihren Orden geschmückt, die Damen glänzten in prächtigen Roben und trugen Diademe und so kostbaren Schmuck, daß Sita sich sehr unscheinbar vorgekommen wäre, hätte sie nicht ihr 'Geschenk' getragen.

Unglaublich, aber wahr — das Abendkleid war rechtzeitig fertig geworden! Amar hatte allerdings angekündigt, daß der *darzi* am nächsten Tag, wenn er an ihrem zweiten Kleid arbeiten würde, innen noch ein oder zwei Nähte nachbessern wollte.

»Lady *sahib* tragen heute zur Party«, hatte Amar aufmunternd gesagt. Das hörte sich an, als freue er sich fast so wie Sita, daß sie hübsch aussehen würde.

Es war ein Traumkleid, wie sie auf den ersten Blick sah, als sie es anzog, ein Kleid, wie sie es sich immer schon gewünscht hatte. Bei jeder Bewegung fing sich das Licht in der Silberstickerei und ließ Sita aussehen wie in Sterne gekleidet.

Da sie meinte, ihr tiefer Ausschnitt wirke zu leer, versuchte sie es mit einem weißen Band um ihren schönen Hals und fügte eine kleine weiße Blüte hinzu. Genau das verlieh ihr jenes zusätzliche Etwas, das noch gefehlt hatte!

Ihre Augen strahlten fast so hell wie die gestickten Sterne ihres Kleides, als sie ein wenig verlegen am Arm ihres Onkels den Salon betrat. Typisch, dachte sie, ihm fällt gar nicht auf, daß ich heute völlig anders aussehe als sonst!

Die riesige, die gesamte Länge des Speisesaals einnehmende Tafel mit ihren brennenden goldenen Kandelabern und dem kostbaren, edelsteinbesetzten Tafelschmuck war so schön, daß Sita immer nur schaute und bewunderte und gar nicht den Wunsch verspürte, sich zu unterhalten. Die Höflichkeit gebot jedoch, daß sie mit ihren Tischherren zu beiden Seiten Konversation betrieb, obwohl sie den Blick nicht von dem prächtigen Bild, das sich ihr bot, abwenden konnte und sich alles genau einzuprägen versuchte.

Nach dem Essen begab man sich in den Durbar-Saal, wo vor der erhöhten, eine Bühne bildenden Plattform Stühle aufgestellt worden waren.

Zuerst erklang indische Musik — gespielt auf der *mridangan,* einer Trommel, und der *nattuvangam,* einer Flöte. Dann traten kostbar kostümierte, stark geschminkte Tänzerinnen auf. Als erstes tanzten sie den *nandana gana pathy,* einen Tanz zu Ehren des Gottes Genea, jenes Gottes, der alle Hindernisse aus dem Weg räumt.

Ihre Bewegungen waren kunstvoll und geschmeidig. Sita nahm sich vor, in Zukunft Gott Genea anzurufen, damit er in ihrem Leben alle Hindernisse beseitigen möge.

Als nächster Tanz folgte der *tarangam,* der in einer Pantomime das Leben des Gottes Krischna wiedergab.

Die Bewegungen und die Mimik der Tänzerinnen sind

so beredt, daß sie die Geschichte auch in Worten nicht deutlicher machen könnten, dachte Sita, die der Darbietung mit wachem Interesse folgte.

So zauberhaft dies alles für sie war, so sah sie doch, daß viele der englischen Gäste ein Gähnen unterdrückten und die Adjutanten sich so viel Langeweile anmerken ließen, daß anzunehmen war, sie hätten diese Tänze schon oft zu sehen bekommen.

Nach Beendigung der Tanzdarbietung verabschiedeten sich die muslimischen Gäste, und die Engländer begaben sich in einen der kleinen Säle, die als Ballsaal dienten. Ein Streichorchester spielte viele der Walzer, mit denen Offenbach Paris erobert hatte, daneben waren aber auch die traditionellen Quadrillen und Galopps zu hören. Sita genoß jeden Augenblick aus ganzem Herzen und hatte mehr Partner, als es Tänze gab.

Es war schon recht spät, als Wilfrid Blunt sie um einen Walzer bat. Er war ein ausgezeichneter Tänzer, und sie fand wie schon viele Frauen vor ihr, daß er ein sehr gutaussehender Mann war, obwohl sie davon überzeugt war, daß er ohne Bart — den er erst seit kurzem trug — noch viel besser ausgesehen hätte.

Sie tanzten einige Runden um den Saal, ehe er sie durch eine offene Tür ins Freie zog, zwischen zwei der vielen Säulen hindurch, die das Haus in großer Zahl schmückten.

Als er sie die wenigen Stufen hinunter in den Garten geleiten wollte, sagte Sita nicht ohne Nervosität: »In den Bäumen soll es alle möglichen Nachttiere geben. Ehrlich gesagt, ist mir dieses Getier unheimlich.«

»Keine Angst, ich beschütze Sie«, erwiderte Wilfrid Blunt.

Sie entfernten sich nur ein Stück vom Haus, so daß noch immer das Licht aus dem Ballsaal auf sie fiel.

»Miß Arran, ich muß mit Ihnen reden.«

»Worüber denn?«

Eine kleine Pause erweckte den Anschein, als müsse er nach Worten suchen. Dann sagte er: »Sicher wissen Sie inzwischen, daß ich für die Unabhängigkeit Indiens eintrete?«

»Ja«, gestand Sita.

»Für mich ist es sehr befriedigend, daß der Vizekönig meine Ansichten bis zu einem gewissen Grad teilt«, sagte Blunt. »Er hegt Hochachtung für Ihren Onkel, ebenso wie Mr. Cordery.«

Als Sita schwieg, fuhr er fort: »Ich weiß, daß Sie nicht nur schön, sondern auch sehr intelligent sind. Dürfte ich Sie bitten, Ihren Einfluß auf Ihren Onkel geltend zu machen und auf ihn einzuwirken, er möge mich unterstützen und der Ilbert Bill seinen Segen geben?«

Sein Ersuchen erstaunte Sita nicht wenig. Fast hätte sie laut aufgelacht. Unfaßbar, daß Mr. Blunt glaubte, sie hätte auch nur den geringsten Einfluß auf ihren Onkel!

Dann aber sagte sie sich, daß er keine Ahnung davon haben konnte, wie gering ihr Onkel sie schätzte. Er konnte auch nicht ahnen, daß zu Hause kein Tag vergangen war, ohne daß Sir Harvey sie als dumm gescholten und geschlagen hatte.

Erst seitdem die endlosen Besprechungen mit den Beratern des Nizam und dem Residenten seine gesamte Zeit in

Anspruch nahmen, blieb sie von den mühsamen Abschreibarbeiten verschont. Einer der Sekretäre des Residenten, der ihm nun ständig zur Verfügung stand, erledigte die anfallenden täglichen Schreibarbeiten.

»Leider habe ich auf meinen Onkel so gut wie keinen Einfluß. Aber ich würde gern wissen, was Sie eigentlich wollen, damit ich mir ein Bild davon machen kann, ob Ihre Ziele für Indien erstrebenswert sind«, sagte sie und schaute ihn offen an.

»Genau diese Antwort wollte ich hören«, antwortete Blunt. »Aber jetzt sehe ich Sie an und nehme Ihren Liebreiz wahr . . . es wäre gar nicht nötig, daß Sie auch noch intelligent sind.«

Der unverkennbar werbende Tonfall, der kurz zuvor noch nicht zu hören gewesen war, bewirkte, daß Sita ihn erstaunt ansah. Ihre Verwunderung wuchs, als er die Arme ausstreckte und Sita an sich zog.

»Ich werde Sie zu gern lehren, was sich über Indien zu wissen lohnt, aber noch lieber würde ich Sie die Liebe lehren.« Bei diesen Worten näherte er sich ihren Lippen, und Sita bemerkte mit Entrüstung, daß er sie küssen wollte. Ehe seine Lippen die ihren berühren konnten, wich sie mit dem Kopf aus und versuchte sich seiner Umarmung zu entziehen. »Nein . . . nicht!«

»Warum nicht? Sie erregen und bezaubern mich . . . und ich verspüre schon länger den Wunsch, Sie zu küssen.«

»Bitte . . . lassen Sie mich los!« flehte Sita verängstigt mit abgewandtem Kopf. »Sie haben kein Recht, sich so zu benehmen!«

»Ich habe dasselbe Recht wie jeder andere Mann, der sich zu einer schönen Frau hingezogen fühlt. Heute sehen Sie aus wie einer der Sterne am Himmel.«

Seine Worte riefen Sita jenen Abend in Erinnerung, als sie neben ihrem indischen Freund zu den Sternen aufgeblickt hatte. In diesem Moment wurde ihr klar, daß sie Wilfrid Blunt widerwärtig fand. Zudem empfand sie es als höchst ungehörig, daß er auf diese Weise zu ihr sprach, obwohl er ein verheirateter Mann war und seine Frau unterdessen im Ballsaal tanzte.

Mit einem Kraftaufwand, den sie sich selbst nicht zugetraut hätte, befreite sie sich aus seinen Armen. »Bitte ... lassen Sie mich«, bat sie noch einmal.

Wilfrid Blunt ließ sich nicht beirren. »Warum sollte ich? Sie sind sehr reizvoll, Sita, reizvoll wie Ihr Name. Für mich sind Sie die Göttin, der ich meine Gedichte widmen möchte und zu deren Füßen ich anbetend knien will.«

»So dürfen Sie nicht reden!« Sita warf einen Blick zu dem beleuchteten Ballsaal hin.

»Falls Sie wegen meiner Frau Bedenken haben, dann vergessen Sie sie. Anne ist sehr verständnisvoll. Falls Sie eine Szene fürchten sollten, so verspreche ich Ihnen, daß es keine geben wird.«

»Mr. Blunt, was Sie da sagen, bestätigt nur meine Ansicht, daß Sie sich abscheulich benehmen! Falls es Ihre Frau nicht stört, wenn Sie sich anderen Frauen nähern, nun, mich stört es, und ich denke nicht daran, mir Ihre hohlen Phrasen länger anzuhören!«

Wilfrid Blunt lachte auf. »Wie anbetungswürdig jung Sie sind, wenn Sie mich schelten! Eine erfrischende Abwechslung nach all den Frauen, die sich nur zu willig hingeben.« Er packte Sitas Hand. »Soll ich Ihnen sagen, daß ich Sie erbarmungslos verfolgen werde?« stieß er hervor. »Und da ich ein sehr hartnäckiger Anbeter bin, werden Sie sich mir schließlich hingeben.«

Die Selbstsicherheit, mit der er sprach, und sein leidenschaftlicher Ton jagten ihr Angst ein. Sie entriß ihm ihre Hand, raffte ihre Röcke hoch und lief davon, die Stufen hinauf, um zwischen zwei Säulen im erleuchteten Ballsaal zu verschwinden.

Wilfrid Blunt stieß ein kurzes Lachen aus, dem nichts von Enttäuschung anzumerken war. Er war sich seiner Anziehungskraft, die ihm schon die Liebe vieler berühmter und vornehmer Frauen eingetragen hatte, zu sehr bewußt.

»Vor meiner Abreise wird sie gewiß mein«, murmelte er vor sich hin, und seine Augen funkelten.

Wilfrid Blunts Verhalten schockierte Sita nicht nur, es jagte ihr auch Angst ein.

Da sie im Umgang mit Männern keine Erfahrung hatte, wußte sie nicht, wie man einen Mann behandeln sollte, der einem leidenschaftliche Anträge machte — ganz zu schweigen von einem verheirateten Mann, der noch dazu so im Mittelpunkt des öffentlichen Interesses stand wie Wilfrid Blunt.

Wie kann er sich nur ein solches Verhalten herausnehmen? fragte sie sich und überlegte angestrengt, wie sie sich künftig vor ihm schützen sollte.

Der Allerletzte, an den sie sich um Beistand wenden

konnte, war ihr Onkel, der nur annehmen würde, daß es ihre eigene Schuld sei oder aber — da er Wilfrid Blunt nicht ausstehen konnte — daß sie ihn ermutigt habe. Dies würde zu einer Szene führen und womöglich damit enden, daß sie die Stadt überstürzt verließen.

Die Vorstellung, zurück nach England zu müssen, war für Sita so niederschmetternd, daß sie nur mit Mühe die Tränen zurückhalten konnte. Zum erstenmal seit dem Tod ihrer Eltern wurde sie als menschliches Wesen behandelt und führte ein Leben, wie sie es sich in der Vergangenheit nur in Träumen ausgemalt hatte. Dies alles aufzugeben und in die Düsternis und Enge zurückzukehren, die Wimbledon für sie verkörperte, war für sie gleichbedeutend mit einer Strafexpedition.

Mochte Wilfrid Blunt sich auch noch so unmöglich benehmen, ihr Onkel durfte davon nichts erfahren! Sie mußte allein zusehen, wie sie mit dieser Situation fertig wurde.

Da fiel ihr ein, daß es einen Menschen gab, dem sie sich anvertrauen konnte, einen Menschen, den sie um Rat bitte mußte! Sie war überzeugt davon, daß er, der sie gerettet hatte, der sie geleitet und ihr geholfen hatte, ein neuer Mensch zu werden, wissen würde, wie sie sich Wilfrid Blunt gegenüber verhalten sollte.

Ich muß ihn sehen! Ich muß ihn sofort sehen! dachte sie in ihrer Verzweiflung.

Während sie mit einem Adjutanten tanzte, sah sie Wilfrid Blunt aus dem Garten hereinkommen. Ihre Angst bewirkte, daß er ihr größer erschien als zuvor. Dazu gesellte sich das deutliche Gefühl, er bedrohe sie.

Innerlich bebend dachte sie daran, wie hilflos sie gewesen wäre, wenn er sie tiefer in den Garten geführt und sich ihr gewaltsam genähert hätte.

Ich hasse ihn! Ich verabscheue ihn! schrien ihre Gedanken.

Sie war so voller Angst, daß ihre Gefühle sich ihrem Tanzpartner mitzuteilen schienen und er sie fragte: »Sie machen ein so bestürztes Gesicht . . . bin ich Ihnen auf den Fuß getreten, oder sind Sie erschrocken?«

»Nein, nein . . . keine Rede davon«, brachte Sita leichthin über die Lippen. »Ich fragte mich eben . . . was sich wohl im Bazar zugetragen hat.«

Da es eben dieser Leutnant Carstairs gewesen war, der Mr. Barnes die Nachricht von den Unruhen überbracht hatte, wußte er sofort, was sie meinte.

»Ich glaube, inzwischen hat sich alles wieder beruhigt«, sagte er, »aber wenn man diesen Dingen nicht sofort Einhalt gebietet, entgleiten sie einem allzu leicht.«

»Was ist passiert?«

»Ich kenne die Hintergründe selbst nicht genau«, erwiderte der junge Leutnant, »doch es sieht so aus, als hätte irgend jemand die Hindus zum Aufruhr gegen die muslimische Herrschaft angestiftet und die Sache zu einem religiösen Problem gemacht.« Er lachte bitter auf und fügte hinzu: »Da in diesem Land buchstäblich alles mit der Religion in Zusammenhang steht, endet alles unweigerlich mit Blutvergießen.«

»Hoffen wir, daß es diesmal vermieden wird!« rief Sita aus.

»Wir tun, was wir können. Unsere Truppen haben Erfahrungen mit Situationen wie der heutigen.« Er schwang sie im Walzertakt, während er erzählte: »Das Schwierige dabei ist, daß man einen Brand löscht, während im selben Moment ein nächster an anderer Stelle aufflammt. Und das verdanken wir alles dem unbekannten Aufwiegler, den wir nicht fassen können.«

»Wer ist das? Was wissen Sie von ihm?«

»So gut wie gar nichts«, gestand der Leutnant. »Wir wissen nur, daß er hier ist, oder zumindest glauben wir es. Er muß vor kurzem eingetroffen sein, doch hat es keinen Sinn, wenn Sie mir weitere Fragen stellen, denn ich kenne die Antworten ebensowenig wie alle anderen.«

In diesem Moment ahnte Sita, wer wohl am besten über die Zusammenhänge informiert war. Ein Mann, der dem Unruhestifter auf der Spur war und versuchte, sein Geheimnis aufzudecken!

Schweigend tanzten sie ein paar Runden, ehe sie fragte: »Ist es im Bazar zu Kämpfen gekommen?«

»Ich glaube, es gab ein halbes Dutzend Tote«, antwortete Leutnant Carstairs gleichmütig, »und dazu eine Anzahl Verwundeter, aber für heute nacht erwarten wir Ruhe. Unsere *sepoys* sind in Alarmbereitschaft.«

Da ihr das Gehörte angst machte, hätte Sita gern gefragt, wer getötet worden sei. Doch sie wußte, daß es eine dumme Frage war: Auch wenn ihr Leutnant Carstairs die Namen genannt hätte, sie wäre daraus nicht klug geworden.

Die Musik verstummte, und als Sita mit Absicht eine Richtung einschlug, die sie von Wilfrid Blunt wegführte, sah sie Mr. Barnes auf die Tür zustreben.

Einer plötzlichen Eingebung folgend, lief Sita auf ihn zu. »Bitte, Mr. Barnes, ich hätte eine Frage!«

»Ja, bitte, Miß Arran?«

»Könnte ich morgen wieder ausreiten? Die Grabmäler der Könige haben mich so beeindruckt, daß ich sie noch einmal sehen möchte. Heute konnte ich nur drei besichtigen.«

Mr. Barnes lächelte. »Dann bleiben noch vier, die Sie sich ansehen müssen. Ja, natürlich, Miß Arran, ich lasse die Pferde um dieselbe Zeit satteln, falls es Ihnen nach dem langen Abend nicht zu früh sein wird.«

»So spät wird es gar nicht«, warf Leutnant Carstairs ein. »Ich sehe, daß Seine Exzellenz sich zurückzieht, und das bedeutet, daß für uns alle der Abend zu Ende geht.«

»Und mich ruft jetzt die Pflicht«, meinte Mr. Barnes. »Ich sollte eben dem Orchester Anweisung geben, die Hymne zu spielen. Entschuldigen Sie mich, Miß Arran. Sie können sicher sein, daß alles für Ihren Ausritt vorbereitet wird.«

Damit ließ er sie stehen, und wenig später nahmen alle Anwesenden Haltung an, als 'God save the Queen' ertönte.

Es war ein sehr eindrucksvolles Bild, das sich Sita nun bot, eines, das ihre Phantasie angeregt hätte, wäre sie nicht vollauf damit beschäftigt gewesen, ihre Gedanken zu dem Mann auszuschicken, der sie hören würde . . . hoffentlich hören würde.

5

Sita lag die ganze Nacht über wach, von Sorgen wegen Wilfrid Blunt erfüllt, während sie zugleich bangte, unter den Toten, die die Unruhen im Bazar gefordert hatten, könnte sich ihr Freund befinden.

Und doch sagte ihr eine innere Stimme, daß sie es gespürt hätte, wenn er nicht mehr am Leben gewesen wäre.

Kaum erhellte die Sonne den Horizont, als Sita aufstand und sich anzog. Sie hinterließ ihrem Onkel eine Nachricht, daß sie einen Ausritt unternehmen wolle, und lief dann nach einem hastig eingenommenen Frühstück ungeduldig zur Seitentür.

Dieselben zwei Männer, die sie bereits bei ihrem ersten Ausflug begleitet hatten, waren auch diesmal zur Stelle und saßen auf, kaum daß man Sita in den Sattel geholfen hatte.

Da sie es eilig hatte, zu den Grabmälern zu gelangen, hatte sie für die silberne Schönheit des Musi River ebensowenig Interesse wie für das Wild im Park — für den Schwarm Guyrat-Schwäne mit den ausladenden weißen Schwingen oder für die Büffelherde, die, wie sie erfahren hatte, Milch fürs Haus lieferte.

Nach einer Weile, die Sita viel zu lange dauerte, hatten sie ihr Ziel erreicht.

Da die Aussicht auf ein Wiedersehen sie mit Vorfreude erfüllte, kamen ihr die Gärten mit den bunten Blumen noch viel schöner vor als beim ersten Mal, und sie beeilte sich, aus dem Sattel zu steigen. Während sie die Stufen zum ersten Grabmal hinauflief, sah sie, daß ihre Begleiter die Pferde wieder in den Baumschatten führten.

Um den Anschein zu vermeiden, sie hätte etwas Besonderes vor, schlenderte Sita, wie am Tag zuvor, zuerst duch das erste Grabmal und dann durch das zweite. Schließlich lief sie mit leuchtenden Augen zum dritten, in dem er auf sie gewartet hatte.

Da sie so sicher gewesen war, ihn anzutreffen, traf die Enttäuschung über das leere Grabmal sie beinahe wie ein körperlicher Schmerz.

Ich bin zu früh, versuchte sie sich zu beruhigen. Er wird noch kommen, ich weiß es.

Sie wartete eine Zeitlang im Inneren, ehe sie sich entschloß, jene Grabmäler zu besichtigen, die sie noch nicht kannte. Langsam trat sie hinaus auf das Plateau, von dem jedes Grabmal umgeben war — noch zögernd, den Ort zu verlassen, wo sie ihren Freund und Retter getroffen hatte. Sie suchte die Treppe, die hinunter in den Garten führte, von wo aus sie wieder eine kleine Anhöhe zum nächsten Grabmal erklimmen mußte.

Die Sonne blendete sie, als sie vorsichtig die brüchigen Stufen hinunterstieg. Kaum hatte sie die unterste Stufe erreicht, als sie plötzlich von einem Mann angesprungen wurde. Er schnellte plötzlich aus einem Versteck unterhalb der Treppe hervor.

Erschrocken stieß Sita einen Schrei aus, während ihr etwas Rauhes, Dunkles über den Kopf geworfen wurde. Sie schnappte nach Luft, spürte aber schon, daß sie noch fester eingehüllt wurde und daß ein zweiter Mann sie hochhob.

Die beiden Männer trugen sie davon und machten ihre verzweifelten Befreiungsversuche zunichte, indem sie ihr die Arme an den Körper drückten. Nach einigen vergeblichen Versuchen, um Hilfe zu rufen, wurde Sita klar, daß sie kaum Luft zum Atmen hatte, geschweige denn zum Schreien.

Ihre Entführer schienen es sehr eilig zu haben. Aller Wahrscheinlichkeit nach wurde sie durch den Garten getragen. Ihre Vermutung bestätigte sich, denn nach einer Weile wurde angehalten. Im nächsten Moment wurde sie in einen Wagen gehoben, und die Pferde setzten sich sofort in Bewegung. Sita spürte, daß sie die ungepflasterte Straße entlangfuhren, die an dem großen, in die Gartenanlage führenden Steinportal vorbeiführte.

Nun erst versuchte sie, sich zusammenzureimen, was eigentlich geschehen war, konnte jedoch beim besten Willen keine Erklärung dafür finden, daß man sich ihrer auf so sonderbare Weise bemächtigt hatte.

Es mußte sich um eine Entführung handeln, doch weshalb? Und wer waren ihre Kidnapper?

Geld konnte der Grund nicht sein, denn es gab in Hyderabad viele, die vermögender waren als ihr Onkel und sie.

Warum? Warum ausgerechnet ich? fragte Sita sich und konnte doch keine Antwort finden.

Eine längere Wegstrecke ging es nun über eine sehr holprige Straße dahin, auf dem der Wagen durch Steine und Schlaglöcher ins Schwanken geriet und die Pferde ihr Tempo sehr verlangsamen mußten. Sitas Gesicht war noch immer von einer Decke oder einem ähnlichen Material verhüllt, das so dick war, daß sie fürchtete, aus Atemnot das Bewußtsein zu verlieren.

Schreien kam nicht in Frage. Sie konnte nur daliegen, schreckensstarr, und darum beten, man würde ihr nichts Böses tun.

Immer weiter fuhr der Wagen, bis sie spürte, daß es bergauf ging. Schließlich wurde angehalten, und zu ihrer großen Verwunderung, hörte Sita eine Männerstimme auf Englisch fragen: »Habt ihr sie?«

»Ja, sie ist da.«

»Schön, dann nehmt sie und folgt mir.«

Engländer! Sita konnte es kaum fassen.

Sie wurde vom Wagen gehoben. Die Männer, die sie trugen, mußten unebenes Gelände überwinden und stolperten immer wieder, so daß Sita schon befürchtete, sie würden sie fallen lassen.

Dann sagte der Mann, der die Befehle gab: »Gebt acht, wenn ihr sie hinunterbringt. Die Stufen sind nicht mehr intakt.«

Was hat man mit mir vor? fragte sie sich beklommen, während man sie eine Treppe hinuntertrug. Da alles so unheimlich und rätselhaft war, daß sie am liebsten geschrien hätte, fing sie wieder zu beten an.

Am Fuß der Treppe angelangt, ging es nun ein kurzes Stück eben dahin. Dann wurde angehalten und eine Tür geöffnet, die mit einem lauten Scharrgeräusch nachgab.

»Schafft sie hinein!« sagte der Anführer. »Und verhüllt eure Gesichter, ehe ihr sie freilaßt!«

Sita spürte, wie sie unsanft auf ein Lager gelegt wurde. Mit einem Ruck wurde ihr die Decke vom Gesicht gezogen.

Die totale Finsternis, die sie umgeben hatte, bewirkte, daß sie zunächst nur Schwärze über sich sehen konnte. Als sich ihre Augen an das Licht gewöhnt hatten, das durch ein Loch hoch oben in der Mauer einfiel, sah sie, daß vor ihr drei Männer standen, die auf sie herunterstarrten.

Auf den ersten Blick wirkten sie furchteinflößend, da sie die untere Gesichtshälfte mit Taschentüchern verhüllt hatten. Nur ihre Augen waren zu sehen.

Sita versuchte, sich auf ihrem Lager aufzusetzen. »Was machen Sie mit mir? Weshalb wurde ich hierhergebracht?« fragte sie mit zitternder Stimme.

Der größte der drei Männer, den sie an der Stimme als denjenigen erkannte, der die Befehle gegeben hatte, antwortete: »Miß Arran, Sie sind hier, damit wir sicher sein können, daß Ihr Onkel den Vizekönig, der ihn unserer Information nach wegen der Ilbert Bill um Rat gefragt hat, in unserem Sinne berät.«

»Die Ilbert Bill . . . was hat die Gesetzesvorlage mit mir zu tun?«

»Wenn Ihr Onkel Sie zurückbekommen möchte, wird er sich bereit erklären müssen, die Reform zu bekämpfen.«

Atemlos vor Entsetzen setzte Sita sich auf und starrte ihre Entführer an. Sie müssen wahnsinnig sein! schoß es ihr durch den Kopf.

Dann fiel ihr ein, daß die meisten Europäer entschiedene Gegner des Plans waren, indischen Richtern die Rechtsprechung über Nichtinder zu gewähren, und daß diesen Europäern jedes Mittel recht war, um Lord Ripon, den Vizekönig, zu einer Sinnesänderung zu bewegen.

Das alles war so unglaublich, daß sie es kaum fassen

konnte. Und doch war sie eine Gefangene und völlig hilflos!

Da die drei auf eine Äußerung ihrerseits warteten, bezwang sie die Schwäche, die sie einer Ohnmacht nahebrachte, und sagte stockend: »Ich . . . ich glaube, mein Onkel hat dem Vizekönig bereits geraten, die Gesetzesvorlage, die Ihnen so große Sorgen bereitet, zu ändern.«

»Das hörten wir anders«, erwiderte der Große. »Sir Harvey hatte bei seinem Aufenthalt in Kalkutta die Möglichkeit, dem Vizekönig klarzumachen, daß wir Engländer die Gesetzesänderung als unerträgliche Zumutung empfinden. Scheinbar hat er dies nicht genügend zum Ausdruck gebracht.« Er schien sehr aufgebracht und fuhr fort, als Sita eine Antwort schuldig blieb: »Nun, er wird unserer Sache gewiß mehr Aufmerksamkeit widmen, wenn er entdeckt, daß seine Nichte verschwunden ist. Wir werden Sie nur zurückbringen, wenn er sich öffentlich gegen die Gesetzesvorlage ausspricht, so daß an seiner Haltung kein Zweifel bestehen kann.«

Sita strich sich das schweißnasse Haar aus der Stirn. Ihren Hut mußte sie verloren haben, als man ihr die Decke übergeworfen hatte. »Und wenn mein Onkel sich nicht darauf einläßt?« fragte sie bebend.

»Dann bleiben Sie hier, bis Sie verrotten oder verhungern!« erklärte der zweite Mann mit Nachdruck.

»Wie können Sie zu so verbrecherischen Mitteln greifen?«

»Das ist gar nichts, wenn man bedenkt, was der Vizekönig und Ihr Onkel uns zumuten«, sagte der Dritte, der bislang geschwiegen hatte.

»Miß Arran, ich streite mich nicht mit Ihnen herum«, sagte nun der Größte des Trios. »Wir teilen Ihnen nur mit, in welcher Lage Sie sich befinden; falls Sie umkommen, dann ist es für eine gute Sache.«

»Aber Sie müssen doch wissen, daß ich mit all dem nichts zu tun habe«, flehte Sita ihn an. »Mein Onkel würde nie auf mich hören . . . ganz egal, was ich sage.«

»Aber auf uns wird er hören, und wir werden ihm und dem Vizekönig klipp und klar sagen, daß sie mit einem Aufstand rechnen müssen . . . diesmal aber mit einem der Engländer.«

Mit diesen Worten verließ er ihre Zelle, denn mehr war der Raum nicht, und die zwei anderen folgten ihm. Die Tür fiel ins Schloß, und ein Riegel wurde vorgeschoben.

Sita schlug die Hände vors Gesicht. Wie hatte ihr dies nur zustoßen können? Und was sollte sie nun tun?

Die Stille vor ihrer Kerkertür verriet ihr, daß die Männer gegangen waren. Unsicher stand sie auf und machte sich daran, ihre Zelle zu untersuchen.

Das einzige Licht fiel durch die kleine Öffnung in der Wand ein, die ihr schon zuvor aufgefallen war. Die Tür war aus Holz und besaß neue Scharniere, die frisch geölt waren. Sicher hatte man dies in jüngster Zeit besorgt, als man sich entschloß, sie hier gefangenzuhalten. Ihr Lager war ein Bett, wie es die Inder benutzten: vier Holzfüße mit einer geflochtenen Matratze. In einer Ecke stand ein Krug mit Wasser, daneben ein Glas. Das war alles, bis auf die Decke, die man über sie geworfen hatte. Man hatte offensichtlich nicht die Absicht, es ihr hier allzu bequem zu machen.

Sie tastete die Wände ab und entdeckte, daß die Steine kalt waren. In der Nacht mußte es hier noch viel kälter werden, wenn das Verlies tief unter der Erde lag, wie sie vermutete.

Ermattet ließ sie sich wieder auf dem Bett nieder und überlegte angestrengt, welche Möglichkeiten sie hatte.

Wann würde man ihr Verschwinden bemerken? Ihre beiden Begleiter, die sie zu den Grabmälern gebracht hatten, würden sich erst Gedanken machen, wenn sie längere Zeit nicht auftauchte.

Indische Diener stellten nie Anordnungen in Frage, die man ihnen gab, und da sie ihnen gesagt hatte, sie sollten warten, würden sie warten. Ehe sie mit der Suche begannen, konnten zwei, ja drei Stunden vergehen. Erst wenn sie unauffindbar blieb, würden die beiden sich ernsthaft Sorgen machen.

Sie versuchte sich auszurechnen, wie lange es dauern würde, bis die beiden die Initiative ergreifen und in der Residenz melden würden, daß sie verschwunden sei.

Nein, das war nun das Allerletzte, was die beiden tun würden, da sie befürchten mußten, daß man sie beschuldigen würde, sich nicht um Sita gekümmert zu haben! Doch am späten Nachmittag würde den beiden nichts anderes übrigbleiben, als zurückzukehren.

Da fiel ihr ein, daß der Engländer gesagt hatte, man würde ihren Onkel von ihrer Entführung in Kenntnis setzen. In diesem Fall würde Mr. Barnes, der ja wußte, wohin sie geritten war, eine Abteilung Soldaten auf die Suche nach ihr schicken.

Doch wo sollten sie suchen?

Was kann ich nur tun? fragte Sita sich verzweifelt und wußte doch die Antwort — nämlich gar nichts!

Dann wuchs ihre Angst noch, als sie sich ausmalte, daß ihr Onkel überhaupt nichts unternehmen würde, falls er die Nachricht von ihrer Entführung samt den Bedingungen für die Freilassung während einer seiner verdrießlichen und menschenfeindlichen Anwandlungen erhalten würde. Er war stets unberechenbar, wenn es um ihre Belange ging, und sie konnte sich des Verdachts nicht erwehren, daß er ihre Entführung womöglich als günstige Gelegenheit nutzen würde, sich ihrer zu entledigen. Als Rechtfertigung vor sich selbst würde er vorbringen, er ließe sich prinzipiell zu nichts zwingen.

Zwar lehnt er dieses Gesetz ab, sagte sie sich, dennoch wird er sich niemals so unter Druck setzen lassen, dem Vizekönig in dieser Sache öffentlich entgegenzutreten.

Ihre Situation war so hoffnungslos, daß sie schluchzend die Hände vors Gesicht schlug.

Da glaubte sie ihren Freund sagen zu hören: Sie müssen stolz und tapfer sein wie die Göttin, nach der Sie benannt wurden.

Wie kann ich hier stolz sein? fragte Sita, als debattiere sie mit ihm. Und wenn ich tapfer bin, wen kann ich hier damit beeindrucken?

Die Gedanken an ihn schmerzten sie so sehr, daß sie sich kaum noch beherrschen konnte. »Hilf mir, bitte hilf mir!« bat sie weinend und erschrak vor dem Klang ihrer eigenen Stimme.

Die Stunden schleppten sich qualvoll langsam dahin. Als Sita nach unendlich langer Zeit näher kommende

Schritte und Stimmen vernahm, wurde sie von einer heißen Woge der Angst erfaßt. Sie zählte die Stimmen mehrerer Männer, dann wurde der Riegel gehoben, und sie betraten die Zelle.

Es waren acht, und alle hatten ihr Gesicht mit Taschentüchern verhüllt. Schweigend standen sie da und starrten sie an, bis sie nicht an sich halten konnte und fragte: »Was wollen Sie? Warum starren Sie mich so an?«

»Wir wollten sehen, wie Sie aussehen«, erwiderte einer der Männer. »Ich kann nur sagen, wenn ich Ihr Onkel wäre, ich würde eine so hübsche Nichte nicht verlieren wollen.«

Alle lachten schallend, ehe einer der anderen sagte: »Archie, typisch für dich, aber für uns ist sie aus anderen Gründen wichtig.«

»Ich weiß«, sagte Archie, »aber ich hab noch immer Augen im Kopf.«

Der andere Mann — es war der, der die Befehle gegeben hatte, als man sie hergebracht hatte — drängte sich vor. »Miß Arran, es interessiert Sie gewiß, zu hören, daß Ihr Onkel nun weiß, in wessen Händen Sie sich befinden. Falls er nicht antwortet, werden Sie ihm morgen oder übermorgen schreiben, in der Zwischenzeit aber schlage ich vor, Sie sollten darum beten, daß er Vernunft beweist, und zwar rasch!«

»Und ich kann nur hoffen«, erwiderte Sita mit trotzig gerecktem Kinn, »daß Ihnen die Abscheulichkeit Ihres Vorgehens klar wird. Entführung wird streng bestraft, ob Sie nun vor einem englischen Richter stehen oder einem indischen.«

Die Art, wie sie sprach, schien die Männer in Erstaunen zu versetzen.

Dann aber lachte Archie und sagte: »Eines muß man Ihnen lassen, schönes Kind: Sie haben wirklich Schneid. Tut mir richtig leid, daß wir es Ihnen nicht behaglicher machen können.«

»Archie, das reicht!« rügte ihn der Anführer scharf. »Wir dürfen hier nicht länger herumstehen. Zieht euch ins Hauptquartier zurück! Zwei bleiben da und schieben Wache. Nach drei Stunden ist Ablösung.«

Sie verließen die Zelle, und die Tür wurde wieder verriegelt.

Sita blieb allein zurück, allein mit ihren Ängsten und Zweifeln.

Sie legte sich auf das harte Lager und schloß erschöpft die Augen. Ob Onkel Harvey auf die Bedingungen der Entführer eingehen würde? Oder ob sie tatsächlich hier verhungern würde, wie einer der Entführer gedroht hatte?

Der Tag schritt fort, und da sie von den Geschehnissen erschöpft war und in der vorangegangenen Nacht wenig Schlaf gefunden hatte, nickte Sita in der Nachmittagshitze ein wenig ein.

Sie war nicht sicher, ob sie träumte oder ob seine Gedanken sie erreichten, so wie sie versuchte, ihm die ihren zu übermitteln, als sie plötzlich glaubte, seine Stimme zu hören: Glaub mir, daß ich dich nicht nur höre, sondern, wenn menschenmöglich, auch zu dir kommen werde . . .

Im Traum war er bei ihr. Er zog sie zärtlich in seine Arme und beugte sich zu ihr herunter. Seine Lippen kamen immer näher . . .

In diesem Moment erwachte Sita durch ein Pochen an der Tür. »Miß Arran«, fragte Archie, »alles in Ordnung?«

»Ja . . . danke«, antwortete sie und zitterte am ganzen Körper.

»Wir sind hier, um Sie an der Flucht zu hindern, wenn Sie also mit uns sprechen wollen, können wir hereinkommen.«

»Nein, nein!« beeilte Sita sich zu versichern. »Ich möchte jetzt schlafen.«

»Na gut — träumen Sie schön!«

»Danke.«

Sie setzte sich auf und lauschte. Als sie hörte, daß sich die beiden Männer leise miteinander unterhielten, stand sie rasch auf und schlich zur Tür, um sie besser verstehen zu können.

»Verdammt unbequem ist das hier!« hörte sie eine Männerstimme sagen. »Und wenn du mich fragst, so sage ich dir, daß dieser Anwalt nicht so leicht klein beigeben wird.«

»Simpson ist davon überzeugt, daß er weich wird«, entgegnete Archie. »Außerdem gibt es keine andere Möglichkeit, diese Burschen auf uns aufmerksam zu machen.«

»Nein, vermutlich nicht« knurrte sein Gefährte, »aber ehrlich gesagt, wäre ich jetzt viel lieber zu Hause in meinem Bett.«

»Na, Brian, du kannst dich nicht beklagen«, meinte Archie geringschätzig. »Ich sage dir, unsere Gefangene ist ein verdammt hübsches Ding. Ich würde gern näher mit ihr bekannt werden.«

»Wenn du es versuchst, gibt es Ärger.«

»Mit Simpson?«

Nun trat Schweigen ein. Schließlich lachte Archie. »Brian, ich sage dir, was ich jetzt tun werde. Ich sehe mal nach, ob die anderen sich aufs Ohr gelegt haben und hole mir dann was zum Trinken. Möchte wissen, warum wir nicht daran gedacht haben, eine Flasche mitzunehmen.«

»Wozu brauchst du einen Drink?« fragte Brian.

»Weil ich durstig bin. Und ich dachte mir, ich könnte der da drinnen auch was zum Trinken bringen.« Er räusperte sich und fügte hinzu: »Nichts heizt einem Mädel mehr ein als ein Tropfen Gin. Und wenn du glaubst, ich werde die nächsten drei Stunden hier auf diesem harten Boden hocken, dann irrst du dich gewaltig!«

»Wenn du anfängst, mit ihr rumzuspielen, wird sie Krach schlagen.« Archie lachte wieder. »Wer soll sie hören? Und ich tue ihr doch nichts. Einen Kuß und ein bißchen Knutschen haben einer Frau noch nie geschadet.«

»Na, ich weiß nicht, was Simpson dazu sagen wird.«

»Sei nicht so feig«, spottete Archie. »Wir haben beide einen Drink nötig, und nachher verschaffen wir uns ein wenig Vergnügen. Schon lange habe ich so was Hübsches nicht mehr zu sehen gekriegt.«

Die Männer schienen aufzustehen, und Sita wich ängstlich einen Schritt zurück. Doch gleich darauf hörte sie die Schritte der beiden in der Ferne verhallen.

Was sie gehört hatte, ließ sie zittern wie Espenlaub. Sie wußte, daß sie es mit zwei Männern gleichzeitig nicht aufnehmen konnte, zumal wenn der eine ein Typ wie Archie war.

Hatte sie sich schon davor gefürchtet, von Wilfrid Blunt geküßt zu werden, so jagte ihr die Vorstellung, was diese beiden ihr antun würden, nacktes Entsetzen ein. In ihre Gewalt zu geraten war so erniedrigend und demütigend, daß sie sich eher den Tod wünschte.

»Wie soll ich das alles nur ertragen?« rief sie in ihrer Verzweiflung aus.

Sie schleppte sich zum Bett und setzte sich, die Hände vors Gesicht schlagend. Dann fing sie inbrünstig zu beten an. Immer wieder flüsterte sie: »Lieber Gott, hilf mir! Bitte, hilf mir! Laß nicht zu, daß sie mich anfassen!«

Plötzlich hörte sie, wie der Riegel an der Tür angehoben wurde. Die beiden konnten doch nicht so rasch wieder zurückgekommen sein?

Langsam öffnete sich die Tür. Vor dem von draußen einfallenden spärlichen Licht zeichnete sich die Gestalt eines Mannes ab.

Sita sprang auf, wollte sich verstecken oder davonlaufen und sah doch keinen Ausweg.

Dann aber wußte sie plötzlich, wer gekommen war, obwohl sie sein Gesicht nicht sehen konnte. Ihre Gebete waren erhört worden! Mit einem kleinen erstickten Aufschrei lief sie auf ihn zu und warf sich ihm in die Arme. »Du . . . du bist gekommen! Du bist da!« stieß sie überglücklich hervor. »Ich habe darum gebetet . . . und jetzt bist du da!« Sie war kaum imstande, zusammenhängend zu sprechen.

Er schlang die Arme um sie und hielt Sita ganz eng an sich gedrückt. »Schon gut, mein Liebling«, murmelte er zärtlich, doch sie hörte es kaum.

»Sie wollen zurückkommen . . . sie sind nur Gin holen gegangen . . . Sie sagten, sie würden mich anfassen . . . und mich küssen . . . bitte hilf mir!«

Er gab keine Antwort und zog sie statt dessen einfach zur Tür hinaus. Draußen drehte er sich um und legte wieder den Riegel vor. Dann faßte er nach ihrer Hand und zog Sita die Treppe hinauf.

Er zog sie aus einer Öffnung ins Freie, die nicht viel mehr war als ein Loch im Boden, wie sie nachher sah. Nun sah sie Sterne über sich und einen Mond, der vom Himmel auf sie hinunterstrahlte, um den Weg für sie zu erhellen.

Er sprach nicht, sondern lief mit ihr rasch weiter, über unebenes Gelände, über Geröll und Steine. Immer wieder mußten sie Gestrüpp ausweichen. Er strebte aber so unbeirrt weiter und zog Sita so energisch mit sich, daß sie rasch vorankamen.

Nachdem sie eine weite Strecke zurückgelegt hatten, sah sie, daß im Schatten eines Baumes ein Pferd an einen Ast gebunden wartete.

Nun sprach sie zum erstenmal, seitdem sie ihre Zelle verlassen hatte. »Du . . . bist gekommen! Wie hast du mich gefunden? Wie kann ich dir nur sagen . . . was das für mich bedeutet?«

Sie hatte den Eindruck, daß er sie sehr lange ansah, ehe er seine Arme um sie legte und sie fest an sich preßte. Und dann drückte er seine Lippen auf ihren Mund.

Für Sita war es keine Überraschung. Sie wußte plötzlich, daß sie sich schon lange unbewußt danach gesehnt hatte. Als seine Lippen sie gefangennahmen, hatte sie das

Gefühl, die Sterne würden in sie eindringen und von ihrem Herzen und Bewußtsein Besitz ergreifen. Es war so herrlich, daß sie an nichts anderes mehr denken konnte als an ihre Liebe zu ihm. Er füllte ihre ganze Welt aus, und sie verspürte keine Angst mehr.

Nach einer kleinen Ewigkeit löste er sich von ihr. Schweigend hob er sie hoch und setzte sie in den Sattel seines Pferdes. Nachdem er die Zügel losgebunden hatte, saß er hinter ihr auf, und sie ritten los.

Sita spürte seinen linken Arm um ihre Mitte. Er drückte sie fest an sich, und sie lehnte ihren Kopf aufseufzend an seine Schulter. Noch immer erschien es ihr unfaßbar, daß sie aus einer Hölle der Verzweiflung und Angst, die nun wie durch ein Wunder hinter ihr lag, in den Himmel des Glücks gelangt sein sollte.

Erst als sie nach dem Wunder des Kusses ihre Stimme wiederfand, fragte sie im Flüsterton: »Wie hast du mich finden können?«

»Wie hast du nur allein zu den Grabmälern reiten können, nachdem ich dir riet, einen verläßlichen Begleiter mitzunehmen?« fragte er anstelle einer Antwort.

»Ich . . . ich habe dich gesucht.« Sita blickte zu ihm auf und glaubte in seinen Augen leisen Tadel zu lesen. »Du bist doch nicht böse auf mich?« fragte sie ein wenig unsicher.

»Böse bin ich allenfalls auf die Verantwortlichen in der Residenz, daß sie nichts zu deinem Schutz unternahmen.«

»Aber wie hätte man ahnen können . . . daß ich entführt werden würde?« Sie überlegte einen Moment und fügte hinzu: »Wußtest du, daß es Engländer waren, die mich entführten?«

»Ich hörte, daß dein Onkel einen Drohbrief erhielt.«

»Wer hat dir das gesagt? Und wer konnte gestern wissen, daß ich zu den Grabmälern wollte, um dich zu treffen?«

Sie spürte, wie sein Arm sie fester umfaßte, während er leise sagte: »In Indien weiß man immer alles. Inzwischen mußt du doch gemerkt haben, daß es hier so gut wie unmöglich ist, ein Geheimnis zu bewahren. Die Neuigkeiten verbreiten sich mit dem Wind, und alles, was sich zuträgt, wird im Augenblick des Geschehens bekannt.«

»Du wußtest also von mir?«

»Ich war deinetwegen in Sorge, und ich ahnte, daß du mich brauchtest.«

»Ich brauchte dich verzweifelt . . . aber aus einem anderen Grund. Aber sag mir erst, wie du mich gefunden hast.«

Er lächelte. »Als ich von deiner Entführung hörte, konnte ich mir denken, wohin man dich gebracht hatte, und ich sollte recht behalten. Dein Gefängnis war in der alten Festung, unweit der Grabmäler.«

»Hast du in der Residenz Bescheid gesagt?«

»Nein, ich ritt sofort los.«

Anscheinend hatte er befürchtet, niemand würde auf ihn hören — oder aber er hatte gar nicht den Wunsch gehabt, sich mit der Residenz in Verbindung zu setzen . . .

»Ich stand solche Ängste um dich aus, als ich hörte, daß es im Bazar zu Unruhen gekommen war«, sagte sie impulsiv. »Die Vorstellung, du könntest verletzt oder gar tot sein, ließ mich schier verzweifeln.«

»Ich glaube, wenn ich ums Leben gekommen wäre, dann hättest du es gewußt«, sagte er leise. »So wie ich letzte Nacht wußte, daß du mich brauchtest.«

»Hast du geahnt, daß ich zu den Grabmälern reiten würde?«

»Ich hielt es für möglich, doch ich konnte nicht rechtzeitig hinkommen, und als ich dann Zeit hatte, da hörte ich, was dir zugestoßen war.«

Sie hätte ihn zu gern gefragt, was ihn so beschäftigt hatte, daß er auf ihren ersten Hilferuf nicht reagiert hatte. Doch sie wußte, daß er ihre Frage nicht beantworten und ihr nur so viel sagen würde, wie er für richtig hielt.

Aber neben der Tatsache, daß sie frei und in Sicherheit war, daß sie in seinen Armen lag und von ihm geküßt worden war, verblaßte ohnehin alles andere.

»Ich liebe dich«, flüsterte sie, den Blick zu ihm hebend.

Sie konnte sein Gesicht im Mondschein ausmachen und spürte, daß seine Augen bis in ihre Seele schauten.

»Bist du ganz sicher?«

»So sicher, wie ich in meinem Leben noch nie sicher gewesen bin.«

»Und ich liebe dich«, lautete seine verhaltene Antwort. Er beugte den Kopf und streifte sanft ihre Lippen.

Während sie durch die Nacht ritten, dachte Sita, daß neben seiner Liebe nichts anderes mehr zählte. Auch wenn er arm war und sie in einem übervölkerten Elendsviertel oder in einem Zelt hausen mußte, es würde ein Leben wie im Himmel sein.

»Woran denkst du?« fragte er.

»Ich dachte an dich . . . und daran, wie sehr ich dich liebe.«

»Wenn du mich liebst, dann mußt du mir künftig gehorchen«, sagte er ernst. »Ich kann mich nicht entsinnen, je solche Angst gehabt zu haben wie in dem Moment, als ich von deiner Entführung hörte. In der Residenz waren alle ratlos. Keiner wußte, wie man reagieren sollte.«

»Was hat man schließlich unternommen?«

»Ich glaube, man hat Soldaten auf die Suche nach dir ausgeschickt.«

»Ein Engländer mit Namen Simpson sagte, ich würde in dem Verlies, in das man mich brachte, verrotten oder verhungern, falls Onkel Harvey nicht ihren Forderungen nachkäme.«

Er nickte, als habe er dies erwartet. Dann sagte er: »Du mußt sehr hungrig sein, mein Schatz. Ich bringe dich ins Militärlager. Von dort aus wird man dich nach Hause fahren.«

»Ich will nicht fort von dir!«

»Ich weiß . . . aber es wird nicht lange dauern, und wir werden uns wiedersehen. Bis dahin mußt du mir vertrauen und mir versprechen, daß du genau das tun wirst, was ich dir sage.«

»Und dann können wir zusammensein?«

»Sobald es sich einrichten läßt.« Er umfing sie fester und fügte hinzu: »Ich glaube, ich könnte es nicht ertragen, dich jetzt zu verlieren.« »Ich hatte auch schreckliche Angst, dich zu verlieren«, flüsterte Sita, »deswegen möchte ich dir etwas sagen, ehe du mich verläßt.«

»Und was, mein Liebling?«

»Falls wir . . . sehr arm sein werden oder falls . . . Onkel Harvey oder andere sich gegen uns stellen sollten, versprich mir, daß du mich dann nicht verläßt . . . und daß alles unwichtig ist, außer unserer Liebe.«

Er drückte ihr einen Kuß auf die Stirn und lächelte sie an: »Ich bete dich an für das, was du denkst, mein Schatz, aber ich verspreche dir, daß nichts und niemand mich davon abhalten wird, mich den Rest meines Lebens um dich zu kümmern und dich zu beschützen.« Er lachte leise. »Diese Aufgabe wird wahrlich nicht leicht sein, und mit einem Kampf gegen Entführer habe ich auch nicht gerechnet.«

Abrupt zügelte er das Pferd und ließ die Zügel los, damit er Sita mit beiden Armen umfangen und sie küssen konnte. Seine Küsse waren heiß und leidenschaftlich. Ihr Körper schien an seinem dahinzuschmelzen, und sie glaubte beinahe, sie seien nicht mehr zwei Menschen, sondern eins geworden.

Erst als er den Kopf hob, sagte sie in einem Ton, den er an ihr noch nicht kannte und der von Leidenschaft getönt war: »Ich liebe dich! Ich liebe dich . . . es gibt keine anderen Worte, mit denen ich dir sagen kann, was du mir bedeutest.«

Er schwieg und küßte sie von neuem. Widerstrebend ließ er sie schließlich los. »Hier muß ich dich verlassen, mein Liebstes. Geh die Straße entlang, dann wirst du zwei Postenhäuschen sehen. Sag den Posten, wer du bist, und laß dich sofort zum Kommandanten bringen.«

Ohne daß sie es aussprechen mußte, fühlte er, daß sie nervös war.

»Ich warte hier, bis ich sicher bin, daß man dich in die Kaserne gebracht hat und du in sicheren Händen bist«, sagte er.

»Du versprichst es?«

»Ich sagte schon, du mußt mir vertrauen.«

Sita seufzte. »Du weißt, daß ich dir vertraue.«

»Dann wird alles gut, mein Schatz.« Er saß ab und hob sie aus dem Sattel. Einen Augenblick lang hielt er sie fest und küßte sie auf die Stirn, nicht aber auf den Mund.

Weil sie wußte, daß er es von ihr erwartete, ging Sita langsam die Straße entlang, bis sie zu den Posten gelangte, die sie verdutzt anstarrten, als sie plötzlich vor ihnen stand.

6

Sita erwachte zeitig, obgleich sie sehr spät zu Bett gegangen war.

In der Residenz hatte es eine große Aufregung gegeben, als sie in Begleitung des Militärkommandanten in einem Wagen vorgefahren war, und ihr war eine Aufmerksamkeit zuteil geworden, wie sie sie nie zuvor erlebt hatte.

Nicht nur der Resident wollte mit ihr sprechen, auch ihr Onkel hatte eine Menge zu sagen. Er war außer sich, daß jemand, der sich rühmen durfte, Brite zu sein, eine so verabscheuungswürdige Verhaltensweise an den Tag legen konnte wie ihre Entführer.

Dem Rat ihres Freundes folgend, sagte sie nur, daß es

ihr geglückt sein, aus ihrem Gefängnis zu entkommen und zur Kaserne zu laufen, was schon an sich als gewaltige Leistung angesehen wurde.

»Es ist eine lange Strecke, und Sie müssen unterwegs tausend Ängste ausgestanden haben«, meinte Mr. Barnes voller Bewunderung. »Sie haben sehr viel Mut bewiesen.«

»Mir blieb nichts anderes übrig«, gab Sita zurück. Dann wechselte sie rasch das Thema.

Sie wußte, daß der Kommandant eine Abteilung Soldaten ausgeschickt hatte, um die Engländer festnehmen zu lassen, falls diese sich noch immer in der Festung aufhielten. Zwar gab es viel Gerede und Spekulationen darüber, was passieren würde, wenn man sie festnähme, doch Sita war überzeugt, Archie und Brian würden schleunigst das Weite suchen, sobald sie entdeckten, daß sie verschwunden war. Da der Riegel nur von außen zu betätigen war, mußten sie davon ausgehen, daß jemand sie befreit hatte.

Sie sollte tatsächlich recht behalten, erfuhr davon aber erst am nächsten Tag.

Mr. Barnes notierte sich gewissenhaft alles, was sie zu berichten wußte, ehe er ihr gestattete, zu Bett zu gehen.

Erst in ihrem Zimmer konnte sie in aller Ruhe an das Wunder der Küsse ihres geheimnisvollen Freundes denken. Wie beglückend war es, jemanden zu lieben, von dem man wiedergeliebt wurde!

Erst jetzt kam ihr zu Bewußtsein, daß sie immer noch nicht wußte, wie er hieß. Und daß sie vergessen hatte, sich bei ihm für die Kleider zu bedanken.

Aber wie hätte sie an Kleider denken sollen, wenn seine Lippen und Worte sie verzaubert hatten!

»Er ist wundervoll!« murmelte sie vor sich hin, ehe sie einschlief. Und als sie am Morgen erwachte, galt ihr erster Gedanke wieder ihm.

Ich liebe ihn! Ich liebe ihn! gestand sie dem Sonnenschein, der in ihr Zimmer fiel. Sie spürte, daß ihre Worte ihn auf jene magische Weise erreichten, die die Inder zum Gedankenaustausch nutzten.

Er hatte sie gebeten, ihm zu vertrauen, und sie tat es, obwohl sie nicht umhin konnte, sich zu fragen, wer er sein mochte und wie er es schaffte, so gut informiert zu sein.

In der Residenz mußte es jemanden geben, der ihn verständigt hatte, als ihrem Onkel der Brief überbracht worden war. Hatte er unter der Dienerschaft einen Informanten, oder war es tatsächlich so, daß alles, was sich in Indien zutrug, mit dem Wind verbreitet wurde?

Doch was allein zählte, war der Umstand, daß er ihr zu Hilfe geeilt war, als sie ihn brauchte, daß er sie gerettet hatte und daß sie wußte, sie würde nie wieder ohne wirksamen Schutz die Residenz verlassen.

Mr. Cordery hatte sich sehr verärgert gezeigt.

»Warum hat man Miß Arran erlaubt, die Grabmäler zu besuchen, ohne daß Sie oder einer der Adjutanten sie begleiteten?« hatte er Mr. Barnes gefragt.

Mr. Barnes war die ganze Sache sehr peinlich gewesen.

»Sir, es tut mir leid, und ich gestehe, daß es eine Nachlässigkeit meinerseits war. Aber es handelte sich nur um einen kleinen Ausflug, und wir hatten mit den Unruhen im Bazar alle Hände voll zu tun, wie Sie wissen.«

»Und jetzt sage ich Ihnen, was in einem Fall wie diesem zu tun ist«, warf Sir Harvey ein. »Diese Männer müssen dingfest gemacht werden, und wenn es je guten Grund gab, Briten von indischen Richtern verurteilen zu lassen, dann in diesem Fall!«

Der Resident blickte Sir Harvey konsterniert an. »Sir Harvey, ich will hoffen, daß dies nicht in Zukunft Ihre Haltung sein wird«, sagte er. »Sie wissen, was ich von dem Gesetz halte. Wenn dies nun ein Vorbote der Reaktionen ist, die wir in ganz Indien zu erwarten haben, dann wird die Moral des ganzen Landes darunter leiden.«

»In diesem Punkt gebe ich Ihnen recht«, sagte Sir Harvey in einem völlig anderen Ton, »und ich bin der Meinung, Sie sollten den Vizekönig von den Ereignissen informieren, ehe Mr. Blunt ihm voreingenommen davon berichtet.«

»Genau diese Absicht hatte ich.« Der Resident nickte. »Mr. Barnes, ich möchte nicht, daß Mr. Blunt Einzelheiten der Ereignisse erfährt. Dies ist eine Angelegenheit, in der wir keinen Wert auf sein Eingreifen legen.«

»Nein, gewiß nicht«, erwiderte Mr. Barnes.

Das Gespräch wäre noch stundenlang fortgesetzt worden, wenn Sita nicht so müde gewesen wäre, daß sogar ihrem Onkel ihre Blässe aufgefallen war. »Sita, du solltest zu Bett gehen«, meinte er abrupt.

Als habe auch der Resident bemerkt, wie elend ihr zumute war, stand er auf. »Ehe ich Ihnen gute Nacht wünsche, Miß Arran«, sagte er, »möchte ich Ihnen für Ihren Mut und Ihre Tatkraft meine Bewunderung ausdrücken. Diese Eigenschaften waren es, die Ihnen zur Flucht verhalfen. Und auch seit Ihrer Rückkehr haben Sie sich ungemein beherzt gezeigt.«

Das hatte man ihr auch im Militärlager versichert, und Sita wurde dieses reichliche Lob ein wenig peinlich, da sie wußte, daß sie längst nicht so klug und mutig gewesen war, wie jedermann glaubte.

Als sie sich nun erhob, um einen Blick hinaus auf die goldene Welt zu werfen, hätte sie am liebsten vor Freude gejubelt. Es gab nichts mehr, was sie fürchtete. Ihr Onkel konnte ihr nichts mehr anhaben, und sie war nicht länger allein.

Es war so, wie sie es dem Mann ihrer Liebe gestanden hatte: Auch wenn sie in einem Elendsviertel oder in einem Zelt leben mußte — solange sie bei ihm sein konnte, war ihr Glück vollkommen.

Erst beim Ankleiden fiel ihr ein, daß der Resident an diesem Morgen den Nizam empfangen würde. Da es sich um einen offiziellen Besuch handelte, würde er auf einem Elefanten reiten und nicht wie bei anderen Gelegenheiten in einer gelben Kutsche mit Vierergespann und Postillionen und Stallburschen in gelber Livree vorfahren.

Voller Erwartung ging Sita hinunter, um seine Ankunft im Durbar-Saal zu erwarten, wo alle sich bereits versammelt hatten. Ihr fiel auf, daß Wilfrid Blunt sehr zufrieden mit sich schien, während man in der Umgebung des Residenten nur böse Mienen sah.

Man brauchte ihr nicht eigens zu erklären, daß Salar Jung, der jugendliche Bewerber um die Position des Premiers, in Führung lag und daß es unwahrscheinlich war, daß Mr. Corderys Kandidat das Rennen machen würde, ehe der Vizekönig eintraf.

Leutnant Carstairs kam erfreut auf sie zu und führte

sie durch den Saal. Dabei erzählte er ihr, daß sich eine riesige Menschenmenge vor der Residenz versammelt hatte, um den jungen, gutaussehenden Nizam zu bewundern.

»Die Menge ist noch bunter und malerischer, als es sonst Menschenansammlungen in Indien sind«, erklärte ihr Leutnant Carstairs, »da die Männer fast durchweg Waffen und die dazugehörende Ausrüstung tragen.«

»Sonderbar, daß man ihnen das Tragen von Feuerwaffen gestattet«, bemerkte Sita.

Sie wußte noch von ihrem Vater, daß in anderen Teilen Indiens die Engländer den Einheimischen das Tragen von Waffen jeder Art untersagt hatten.

»Sie sind in Hyderabad«, antwortete Leutnant Carstairs, »in einem unabhängigen Staat, in dem alle Edelleute über ein großes Gefolge und private Truppen verfügen und dazu über bewaffnete Streitkräfte. Auch wenn es noch so gefährlich aussehen mag, so kommt es nur selten zu Gewalttätigkeiten wie unlängst im Bazar.«

»Es ist alles so aufregend und beeindruckend«, murmelte Sita.

»Warten Sie, bis Sie sehen, was für eine Aufregung der Besuch des Vizekönigs erst mit sich bringt«, meinte Leutnant Carstairs lächelnd. Gleich darauf ließ er Sita allein, da er auf der entgegengesetzten Seite des Saals einer gesellschaftlichen Verpflichtung nachkommen mußte.

Nach der Begrüßung begaben sich der Resident, der Nizam, Sir Harvey und eine Anzahl von muslimischen Edelleuten in einen kleineren Raum, wo die Gespräche stattfinden sollten.

Sita wäre nun zu gern vors Haus gelaufen, um einen

Blick auf die Elefanten zu werfen, aber man hatte ihr zu verstehen gegeben, daß alle Anwesenden bis zur Verabschiedung des Nizam im Saal warten sollten.

Mr. Blunt lief ungehalten auf und ab, und seine Umgebung, die ihn beobachtete und ihm zuhörte, wußte, daß er nicht verärgert war, weil alle im Saal bleiben mußten, sondern weil er auf ausdrückliche Anordnung des Residenten nicht zu den Gesprächen zugelassen worden war.

»Sollen sie doch reden, was sie wollen!« hörte Sita ihn sagen. »Aber merkt euch eines: Ich werde mich durchsetzen, und sobald Lord Ripon hier eintrifft, wird Salar Jung zum Premier ernannt.«

Viel früher als erwartet, erschienen der Resident und der Nizam wieder im Durbar-Saal. Alles erhob sich, als die beiden Seite an Seite den Saal durchschritten. Hinter ihnen schlossen sich alle in einer Prozession an.

Sita, der nicht entging, daß Wilfrid Blunt sich vordrängte, um in unmittelbarer Nähe des Nizam gehen zu können, fand dies nicht nur besonders aufdringlich, sondern geradezu ungehobelt.

Am liebsten hätte sie ihn zurechtgewiesen und ihm geraten, sich besser zu benehmen, als Mr. Barnes ihr zuflüsterte: »Kommen Sie mit, ich zeige Ihnen die Elefanten von einem guten Aussichtspunkt aus.«

Lächelnd folgte sie ihm durch einen Seiteneingang, der zur Vorhalle mit den Riesensäulen führte, ohne daß man durch das vom Residenten und vom Nizam benutzte Hauptportal gehen mußte.

Und nun sah Sita voller Begeisterung, was sie sich so

gewünscht hatte. Alles war noch viel schöner, als sie es sich vorgestellt hatte.

Vor den zweiundzwanzig weißen, von Sphinx-Statuen flankierten Marmorstufen war eine Abteilung der Truppen des Nizam aufmarschiert. Vor den Soldaten standen drei Elefanten, prächtig geschmückt, mit viel Gold und Edelsteinen. Der mittlere Elefant trug auf dem Rücken einen goldverzierten, von einem goldenen Sonnenschirm überspannten Sitz.

Jugend und Aussehen des Nizam ließen die Begeisterung der Massen verständlich erscheinen, als er an der Seite des Residenten am oberen Ende der Treppe erschien. Der Jubel wollte kein Ende nehmen, als die zwei Regenten sich förmlich voneinander verabschiedeten, während alle übrigen der zum Empfang Geladenen die Treppe hinuntergingen. Die Gäste nahmen seitlich auf der Treppe Aufstellung, und der Nizam schritt langsam an ihnen vorüber.

Er erkannte einen der Beamten der Residenz und hielt inne, um ein paar Worte mit ihm zu wechseln. Dann strich er einem der englischen Kinder über den Kopf, die man nach vorne geschoben hatte, damit sie ihm schüchtern ein Blumensträußchen überreichen konnten.

Alles erschien Sita sehr bunt und aufregend. Da die Menschenmenge sich mittlerweile fast bis an die Treppe herangedrängt hatte, ertappte sie sich dabei, wie sie unter den jubelnden Gesichtern nach einem bestimmten Menschen Ausschau hielt.

Die Jubelrufe steigerten sich zu einem wahren Orkan der Begeisterung, als der Nizam auf der untersten Stufe angelangt war und grüßend die Hand hob, während der Elefant vor ihm in die Knie ging. Der Nizam ließ sich Zeit und winkte freundlich nach allen Seiten.

Sita stand zu seiner Rechten, von dem Gefühl erfüllt, daß die zwischen ihnen bestehenden Schwingungen ihre Blicke zueinander führen würden, falls sich der Gesuchte in der Menge befand.

Plötzlich faßte ein in der vordersten Reihe der Schaulustigen, unweit des Nizam stehender Mann in sein Hemd und zog eine Pistole heraus! Er tat es unauffällig und flink, doch als er auf den Nizam anlegte, blieb Sita genug Zeit, um auszurufen: »Vorsicht! Vorsicht!« Gleichzeitig deutete sie auf den Attentäter.

Im selben Moment schnellte jemand aus der Menge vor und warf sich Sekundenbruchteile, ehe der Mann abdrücken konnte, auf ihn.

Sita stockte der Atem. Es gab keinen Zweifel daran, wer den Attentäter bezwungen hatte und nun auf dem Boden mit ihm rang!

Die Menge hinter den beiden schien erstarrt, Sita aber lief hinüber und bückte sich, um dem Mann die Waffe zu entreißen. Erst als sie die Pistole in der Hand hielt, gerieten die Truppen, die hinter den Elefanten standen, in Bewegung, und zwei Adjutanten kamen die Treppe heruntergelaufen.

Inzwischen lag der Mann reglos auf dem Boden. Sein Bezwinger drehte sich um und wurde von der Menge verschluckt, als die Soldaten den Attentäter festnahmen.

Sita stand wie zur Salzsäule erstarrt da, die Pistole in der Hand, zu keinem klaren Gedanken fähig.

Als der Bewußtlose oder Tote hochgehoben und weggetragen wurde, nahm ihr jemand — sie glaubte Leutnant Carstairs zu erkennen — die Pistole aus der Hand, faßte nach ihrem Arm und zog sie sanft zur Treppe hinüber.

In diesem Moment wandte sich der Nizam, der sich seit ihrem Warnruf nicht gerührt und seelenruhig alles beobachtet hatte, als sei er persönlich nicht betroffen, an Sita: »Miß Arran, ich bin Ihnen zu Dank verpflichtet. Sie haben mir das Leben gerettet!« Er verbeugte sich, und ehe Sita antworten konnte, hatte er den Sitz auf dem knienden Elefanten erklommen.

Als der Nizam, dichtauf gefolgt von den zwei anderen Elefanten, davonritt, geriet die Menge, die inzwischen erfahren hatte, was passiert war, in einen Freudentaumel. Sie strömte hinter ihrem Herrscher her, so daß der Platz vor der Residenz fast menschenleer war, als Sita die oberste Stufe der Freitreppe erreicht hatte.

Mr. Cordery, der alles mitangesehen hatte, lief auf sie zu und stieß atemlos hervor: »Das war großartig, Miß Arran! Nicht auszudenken, wenn der junge Nizam umgekommen wäre . . . er ist dem Tod nur knapp entronnen!«

Er führte sie in den Saal zurück, drückte sie sanft auf einen Stuhl und holte ihr ein Glas Champagner, damit sie sich von ihrem Schrecken erholen konnte.

Dabei konnte er sich selbst kaum wieder beruhigen. »Miß Arran, Sie müssen die einzige gewesen sein, die die Menge und nicht den Nizam im Auge behielt. Wie oft habe ich meine Soldaten ermahnt, daß die Gefahr aus der Menschenmenge kommt, wenn eine bedeutende Persönlichkeit geschützt werden soll.«

»Sie waren großartig!« sagte auch Leutnant Carstairs mit einem Blick, den Sita als sehr schmeichelhaft empfand.

Alle waren voll des Lobes, so daß sich bald ihr Gewissen regte, da ihre Sorge weniger dem Nizam gegolten hatte als vielmehr einem ganz anderen: dem Mann, den sie liebte und der ebenfalls in großer Gefahr gewesen war!

Den Grund für das Attentat konnte sie sich denken, und ihre Vermutung wurde bestätigt, als sie den Residenten zu Mr. Barnes sagen hörte: »Ich nehme an, der Mann war ein Hindu?«

»Selbstverständlich, Sir, und ich bin sicher, daß er im Auftrag oder auf Geheiß jenes Mannes handelte, der die Hindus gegen die Moslems aufhetzt. Nach dem Verhör werden wir mehr wissen.«

Als sie Gelegenheit hatte, Mr. Barnes unter vier Augen zu sprechen, bat Sita:

»Wenn Sie mehr über den Mann wissen, der den Nizam erschießen wollte . . . werden Sie mir dann sagen, was Sie erfahren haben . . . auch über die Person, die hinter allem steckt?«

»Ich verstehe Ihre Neugierde«, erwiderte Mr. Barnes. »Natürlich werde ich Ihnen alles sagen, was ich Ihnen sagen darf.«

Von dem Vorfall noch ziemlich erschüttert, wollte sie nun nichts mehr davon hören und zog sich nach dem Lunch auf ihr Zimmer zurück. Sie schaffte es sogar, eine Weile zu schlafen.

Am späten Nachmittag kam Mr. Barnes, um sie zu besuchen.

»Wie fühlen Sie sich?« fragte er besorgt.

»Danke, mir geht es wieder wunderbar«, antwortete Sita, »ich komme mir sehr faul vor, weil ich so lange geschlafen habe.«

»Sie haben sich großartig gehalten! Ich kenne keine Frau, die nach allem, was Sie gestern und heute durchgemacht haben, so ruhig und gelassen geblieben wäre!« Da Sita schwieg, fuhr er fort: »Ich habe Neuigkeiten für Sie.«

»Über den Attentäter?«

»Ja. Natürlich ist alles geheim, da Sie aber dem Nizam so kühn das Leben retteten, haben Sie ein Recht auf diese Information, und sei sie auch noch so vertraulich.«

»Danke.«

»Wie wir wissen, war der Mann ein Hindu und wurde von dem Agitator, der seit seinem Auftauchen hier Unruhe stiftet, dazu aufgehetzt.«

»Woher kommt dieser Mann?«

»Aus Rußland.«

»Aus Rußland!«

Ihr fiel ein, was ihr Vater ihr erzählt hatte. Die Russen wären die gefährlichsten Gegner, weil sie die Engländer verdrängen und Indien für sich erobern wollten.

»Der Mann, den wir verhörten«, fuhr Mr. Barnes fort, »sagte uns, daß der Agitator nicht aus dem Norden kam, wie man hätte meinen können, sondern daß er per Schiff ins Land kam.«

Sita erstarrte.

»Er kam in Alexandria oder Port Said an Bord und fuhr von einem einzigen Gedanken besessen nach Kalkutta: Er wollte die gesamte muselmanische Bevölkerung gegen die Hindus aufhetzen, was er auch erreicht hätte, wäre deren Herrscher von einem Hindu ermordet worden.«

»Ein raffinierter Plan«, murmelte Sita.

»Die größte Schwierigkeit lag darin«, berichtete Mr. Barnes weiter, »daß bis auf einen einzigen Menschen niemand wußte, wie er aussah. Man gab uns zu verstehen, daß der Mann zwar beobachtet werde, daß man ihn aber unmöglich festnehmen könne, ehe man ihn nicht eines Verbrechens überführt hätte.«

Sita ahnte, wer dieser »einzige Mensch« war.

»Und das war Ihnen erst jetzt möglich?« fragte sie.

Mr. Barnes nickte. »Der Mann, der den Attentatsversuch unternahm, wurde zum Reden gebracht, so daß der Anstifter verhaftet werden konnte.«

Sita faltete die Hände. »Ich bin ja so froh.«

Sie war fast sicher, daß die Mission, in die der Mann ihrer Liebe verstrickt war, nun ein Ende gefunden hatte. Mit einemmal fügte sich alles, was sich seit ihrem mißglückten Versuch, ins Wasser zu springen, zugetragen hatte, zu einem Bild zusammen.

Noch bevor sie in Kalkutta ankam, war sie sicher gewesen, ihr Retter habe irgendwie mit dem »Großen Spiel« zu tun, und jetzt hatte sie die Bestätigung bekommen.

Mit einer Stimme, die ihr selbst fremd in den Ohren klang, fragte sie: »Wie heißt der Mann . . . der den Russen beschattete?«

Verblüfft nahm sie wahr, wie Mr. Barnes förmlich erstarrte.

»Ich habe leider keine Ahnung! Irgendein Hindu denke

ich, der für die Polizei arbeitet und sich klüger anstellte als alle anderen.«

»Ein Inder?«

»Die einzige Möglichkeit, in die unmittelbare Nähe dieser Unruhestifter zu gelangen, besteht darin, daß man ihre Sprache fließend beherrscht und ihnen weismacht, sie hätten einen neuen Jünger für ihre Sache gewonnen.«

»Ja, natürlich«, stimmte Sita leise zu.

Mr. Barnes zog seine Uhr aus der Westentasche. »Ich muß wieder an die Arbeit, Miß Arran. Ich brauche wohl nicht eigens zu betonen, daß Sie alles, was ich Ihnen sagte, nicht weitererzählen dürfen . . . insbesondere Mr. Wilfrid Blunt darf kein Wort erfahren.«

»Warum ausgerechnet er nicht?«

Mr. Barnes lächelte. »Soll ich sagen, daß er nicht nur alles zu seinem persönlichen Vorteil nutzt, sondern auch zu habgierig ist? In diesem Moment wurmt es ihn gewiß zutiefst, daß weder er noch seine Frau sich an Ihrer Stelle befinden und Ihr verdientes Lob einheimsen.«

Er sagte dies in einem Ton, daß Sita lachen mußte. Nachdem er gegangen war, saß sie gedankenverloren da, von der einzigen Angst erfüllt, ihre Träume würden sich nicht erfüllen.

Eine Stunde später, als sie versuchte in einem Buch zu lesen, sich jedoch nicht darauf konzentrieren konnte, betrat Mr. Barnes abermals den kleinen Salon.

In seiner Hand hielt er eine Schatulle. Hinter ihm traten zwei Diener ein, die einen riesigen Blumenkorb trugen und üppige Girlanden, wie Inder sie benutzten, um wichtige Persönlichkeiten zu bekränzen.

»Miß Arran, das sendet Ihnen der Nizam«, sagte Mr. Barnes. »Sein Vertreter hätte Sie gern gesprochen, doch ich sagte ihm, Sie seien ruhebedürftig, deshalb betraute man mich mit der Übergabe der Geschenke.«

Nachdem die Diener Korb und Girlanden überreicht und den Raum verlassen hatten, meinte er lächelnd: »Gewiß freut es Sie zu hören, daß ich Ihnen eine langatmige Dankesrede erspart habe, die zusammen mit der Übersetzung zweifellos viel Zeit in Anspruch genommen hätte.«

Sita nahm lachend die Schatulle entgegen. Sie war mit Seide überzogen und ähnlich bestickt wie ihr Gewand, doch war es echte Goldstickerei; in der Mitte des Deckels prangten die Insignien des Nizam.

»Wie wunderhübsch!« rief Sita aus.

»Sehen Sie nach, was darin ist«, schlug Mr. Barnes vor. »Ich denke mir, Sie werden erstaunt und entzückt sein!«

Sita kam seiner Aufforderung nach, und als sie den Deckel aufklappte, sah sie, daß auf einer samtenen Unterlage ein Halsband lag, das ihr den Atem raubte.

Es bestand aus Diamanten, die in Emaille gefaßt waren — eine für indischen Schmuck typische Verarbeitung. Der mittlere Diamant war so groß, daß er beinahe unecht wirkte. Wenn er aber echt war, dann mußte er ein Vermögen wert sein.

»Das kann ich nicht annehmen!« stieß sie in ihrer Verwirrung hervor.

»Eine Ablehnung würde den Nizam gewiß beleidigen«, riet Mr. Barnes ihr. »Es ist der einzige Weg für ihn, seine Dankbarkeit dafür zum Ausdruck zu bringen, daß Sie ihm das Leben retteten.«

»Ich . . . ich war es eigentlich nicht, der ihn rettete«, wandte Sita ein. »Es war der Mann, der den Attentäter zu Boden stieß und ihn daran hinderte, auf den Nizam zu schießen.«

»Wenn Sie nicht den Schrei ausgestoßen hätten«, widersprach Mr. Barnes, »und den Mann, der den Attentäter beschattete, nicht gewarnt hätten, wäre der Nizam getötet worden. Sie haben sich dieses Geschenk verdient, Miß Arran, und noch viel mehr. Alle sind Ihnen so überaus dankbar.«

»Aber . . . es muß ein Vermögen wert sein!« Sita zögerte noch immer, den Blick unverwandt auf das Halsband gerichtet.

»Die Diamanten stammen aus den Minen des Nizam unweit der Stadt. Ich wünschte, ich könnte Ihnen die herrlichen Juwelen zeigen, die er besitzt.«

»Sie meinen also, ich soll es behalten?«

»Sie müssen es annehmen, Miß Arran! Ihnen wird der Schmuck besser stehen als jeder anderen Dame, wenn ich mir die Bemerkung gestatten darf.«

Das Kompliment ließ Sita erröten.

Als Mr. Barnes gegangen war, berührte Sita ehrfürchtig den großen Stein in der Mitte. Sie wußte, daß es nur einen Menschen gab, von dem sie wünschte, er könnte sie mit diesem Schmuck sehen, einen Menschen, mit dem sie die Freude darüber teilen wollte.

Als ihr Onkel den Salon betrat, zeigte Sita ihm, was der Nizam ihr geschickt hatte.

Sir Harvey, der zunächst sehr überrascht schien, tat das Geschenk mit den Worten ab: »Sehr eindrucksvoll, wirklich, aber für dich viel zu prunkvoll! Am besten, ich verkaufe das Ding, wenn wir in England sind, und du verwendest das Geld für etwas Vernünftiges.«

Nur mit Mühe unterdrückte Sita den Aufschrei, daß das Halsband ihr Eigentum sei und sie nicht an einen Verkauf dächte. Doch sie wußte, daß sie damit ihren Onkel nur erzürnt hätte, deshalb gab sie für den Moment nach und tat, als sei sie einverstanden.

Ohne ein weiteres Wort verschwand Sir Harvey in seinem Schlafzimmer, um sich zum Dinner umzukleiden. Sita hatte den Eindruck, seine Unterredungen mit dem Nizam verliefen nicht so erfreulich wie erwartet.

Traurig betrachtete sie noch einmal ihr kostbares Geschenk.

Alle Diamanten der Welt und alle Edelsteine im Kronschatz des Nizam würde sie für einen Kuß des Mannes, den sie liebte, freudig aufgeben.

Beim Dinner, zu dem unter anderem zwei angesehene muslimische Würdenträger geladen worden waren, stellte Sita fest, daß ihre Stellung in der Residenz seit dem Frühstück eine drastische Änderung erfahren hatte.

An der Tafel saß sie nun zur Rechten des Residenten, und zur Linken hatte sie den bedeutendsten Gast als Tischherrn.

Die Art, wie alle sie grüßten, verlieh ihr das Gefühl, plötzlich eine Hauptrolle in einem Bühnenstück zu spielen. So war es kein Wunder, daß ihr alles völlig unwirklich erschien.

In der Meinung, man erwarte es von ihr, hatte sie das

Halsband des Nizam angelegt. Es nicht zu tun wäre ihr als ungezogen erschienen.

Um das Halsband besser zur Geltung zu bringen, verzichtete sie auf das funkelnde Gewand vom Vortag und wählte statt dessen eines der einfachen Kleider, die sie in England gekauft hatte. Es lenkte die Aufmerksamkeit nicht von dem prachtvollen Halsband mit dem riesigen Diamanten ab und war für diesen Anlaß das passendste Stück ihrer spärlichen Garderobe.

Gleich beim Betreten des Salons, in dem sich die Dinnergäste vor dem Essen zusammenfanden, bemerkte sie, daß die anwesenden Damen ihre Blicke nicht von ihrem Schmuck abwenden konnten. Sie hörte auch, wie Lady Anne zischte: »Nun, ein sehr passendes Geschenk für einen einzigen kleinen Aufschrei!«

»Ich bin Seiner Hoheit für seine Großzügigkeit sehr dankbar!« erwiderte Sita gelassen.

Ihr Versuch, Wilfrid Blunt auszuweichen, erwies sich als vergeblich.

Er kam einfach auf sie zu und sagte so leise, daß nur sie es hören konnte: »Sie sind viel zu schön für dergleichen Tand! Ihre Augen überstrahlen alle Diamanten, und Ihre Lippen sind verlockender als die Rubine in Ihrem Halsband.«

Da er ihr nach wie vor unheimlich war, hätte sie ihn am liebsten einfach stehen lassen, fürchtete aber, die Umstehenden würden ihr dies als höchst sonderbares Verhalten auslegen. Deshalb sagte sie förmlich und kühl: »Mr. Blunt, wie freundlich von Ihnen, mich mit Komplimenten zu verwöhnen.« Mit einem Blick auf ihren Onkel setzte sie hinzu: »Verzeihen Sie, aber ich glaube, Onkel Harvey sucht mich.«

Als die Tafel aufgehoben wurde und die Herren sich zu den Damen im Salon gesellten, kam Wilfrid Blunt abermals auf sie zu und setzte sich neben sie.

»Gewiß freut es Sie zu hören, daß ich im Begriff stehe, ein Lobgedicht auf Ihre heutige Tat zu schreiben, ein Werk, das an Ihren Mut erinnern und uns alle überleben wird.«

»Wie . . . wie aufmerksam von Ihnen.«

»Inzwischen erlauben Sie mir, ein paar Zeilen zu zitieren, die ich schon vor einigen Jahren schrieb, die mir aber für diesen Augenblick als sehr passend erscheinen.«

Ohne ihre Antwort abzuwarten, beugte er sich vor, um Sita ins Gesicht zu sehen, und sprach mit seiner tiefen Stimme, die, wie sie widerstrebend zugeben mußte, sehr wohltönend war:

». . . daß ich, während ich dich jagte . . .
stets dein Antlitz vor mir sah.
Dein Antlitz meine Beute war,
für die mein Roß ich ritt, als hätt' es Flügel,
Und so, als wär' ich selbst ein Gott.«

Nachdem er geendet hatte, sagte er leise: »Dein Antlitz ist meine Beute, und ich beabsichtige nicht, von der Jagd abzulassen.«

»Dann . . . werden Sie eine große Enttäuschung erleben.« Sita zögerte einen Moment, dann kam ihr eine Idee. »Vielleicht sollte ich Ihnen lieber reinen Wein einschenken und sagen, daß ich verliebt bin . . . daß ich jemanden über alles liebe. Gewiß verstehen Sie unter diesen Umständen, daß ich in Ruhe gelassen werden möchte?«

»Sie . . . verliebt?« fragte Wilfrid Blunt mit hörbarer Schärfe.

»Das glaube ich nicht! In wen denn?«

Als Sita ihm die Antwort schuldig blieb, sagte er: »Es kann niemand von hier sein, und von Ihrem Onkel erfuhr ich, daß Sie in England sehr zurückgezogen leben und keine gesellschaftlichen Kontakte pflegen.«

»Weshalb fragen Sie meinen Onkel über mich aus?«

»Was für eine törichte Frage! Alles, was Sie tun und sagen, ist für mich von größtem Interesse. Mit jeder Minute, die vergeht, verliebe ich mich mehr in Sie.«

Sie war sicher, daß er auf diese Weise schon unzählige Male zu Frauen gesprochen hatte. Da seine Selbstgefälligkeit sie erboste, antwortete sie kühl: »Mr. Blunt, da Sie so viel von der Liebe verstehen, müßten Sie wissen, daß jeder andere Mann einem unbedeutend erscheint und verblaßt, wenn das Herz für einen ganz bestimmten schlägt.« Weil allein der Gedanke an ihren geliebten Freund genügte, um ihr Mut zu verleihen, schloß sie scharf: »Bitte, lassen Sie mich in Frieden! Ich mag Sie nicht, Mr. Blunt . . . um ehrlich zu sein, Sie sind mir widerwärtig!«

Damit stand sie auf und verließ rasch den Salon. Mit klopfendem Herzen eilte sie den Korridor entlang, der zum Gästetrakt führte.

Plötzlich tauchte ein Diener mit einem Brief auf einem Silbertablett auf.

»Eben gekommen, Lady *sahib*», sagte er.

Sita nahm das Schreiben aufgeregt und lief in ihr Zimmer. Ihre Hände zitterten, als sie den Umschlag öffnete.

Auf dem Bogen billigen Papiers standen nur fünf Worte. Ihr Herz tat einen Sprung, und sie las sie immer wieder.

Nur fünf Worte, und doch sagten sie alles, was sie hören wollte: »Vertrau mir, ich liebe dich.«

7

»Ich muß Sie unbedingt unter vier Augen sprechen.«

»Ganz unmöglich!«

Während der letzten Tage hatte Sita es geschafft, Wilfrid Blunt aus dem Weg zu gehen, da ergab es sich ganz überraschend, daß er beim Lunch, das zu Ehren eines in Hyderabad zu Besuch weilenden Politikers gegeben wurde, neben ihr zu sitzen kam.

Daß er entzückt war, war nicht zu übersehen, doch sie spürte intuitiv, daß er auch enttäuscht und gekränkt war, weil es ihm nicht gelungen war, sie allein zu sprechen, obwohl er es jeden Tag seit dem dramatisch verlaufenen Besuch des Nizam versucht hatte.

Mit seiner selbstzufriedenen Miene, die sie immer anwiderte, sagte er nun: »Diesmal können Sie mir nicht entwischen und müssen mir zuhören.«

»Ich muß gar nichts, Mr. Blunt, und ich dachte, ich hätte Ihnen bereits erklärt, daß mich nicht interessiert, was Sie zu sagen haben!«

»Interessiert es Sie auch nicht, daß ich mein Gedicht beendet habe? Es ist so gut gelungen, daß ich das Gefühl habe, künftige Generationen werden es noch lesen, wenn wir beide längst vergessen sind.«

Sita wandte sich brüsk ihrem Nachbarn auf der anderen Seite zu, entdeckte jedoch zu ihrem Leidwesen, daß es sich um einen Muslim handelte, der nur wenig Englisch sprach und noch weniger verstand. Nach minutenlangem Kampf gab sie den Versuch auf, mit ihm ins Gespräch zu kommen, und widmete sich wortlos ihrem Essen.

»Ruhen Sie heute nachmittag?« flüsterte Mr. Blunt ihr zu.

»Ich denke schon.« So ergab sich zwanglos eine Möglichkeit, ihm auszuweichen.

Um seine Lippen lag ein Lächeln, das ihr gar nicht gefallen wollte, und ihr kam der Gedanke, daß er vielleicht beabsichtigte, in ihr Zimmer einzudringen.

Ihr Onkel befand sich nicht in der Residenz, da er zeitig am Morgen zu Besprechungen mit dem Nizam und dessen Rechtsberatern gefahren war. Mr. Blunt könnte daher durch den Garten leicht in ihren kleinen Salon gelangen, wenn er es darauf anlegte.

Als könnte er ihre Gedanken lesen, raunte er ihr zu: »Ich habe Ihnen sehr viel zu sagen, verspreche aber, Sie nicht damit zu ängstigen.«

»Sie ängstigen mich nicht«, erklärte Sita nicht ganz wahrheitsgemäß. »Sie rufen nur Wut und Abneigung in mir hervor, und falls Sie ausführen, was Sie meiner Meinung nach planen, werde ich nach der Dienerschaft rufen und Sie hinauswerfen lassen.«

Wilfrid Blunt lachte auf. »Sita, Sie sind eine beachtliche Gegnerin! Aber wie ich schon sagte, gebe ich eine Jagd nie auf.« Sie gab keine Antwort, so daß er fortfuhr: »Während Sie mir so eifrig aus dem Weg gingen, habe ich über Sie nachgedacht. Sehr klug, eine Liebe zu erfinden, die meiner Überzeugung nach ein reines Phantasieprodukt ist und nicht existiert.«

»Da irren Sie sich aber gewaltig.«

»Unsinn! Ich habe Sie seit Ihrer Ankunft sehr genau beobachtet und bin sicher, daß Sie weder in Barnes verliebt sind, der ohnehin verheiratet ist, noch in diesen grünen Adjutanten.« Mit einem spöttischen Grinsen fuhr er fort: »Bleiben nur der Resident und ich als Geliebter Ihres Herzens.«

Wie gern hätte Sita ihm die Wahrheit gesagt und ihn wissen lassen, daß sie einen Mann liebte, der mutig und klug war, der ihr nicht nur das Leben gerettet hatte, sondern sie auch aus der Hand ihrer Entführer befreit hatte! Dann aber sagte sie sich, daß es unter ihrer Würde sei, sich mit Wilfrid Blunt in einen Wortwechsel einzulassen.

Sie warf ihm einen vernichtenden Blick zu und schwieg.

Nach dem Mittagessen ging sie hinüber in den Gästetrakt. Plötzlich kam ihr eine Idee.

Wie den meisten anderen Gästen in der Residenz hatte man ihr und ihrem Onkel zwei Schlafräume zugewiesen, zwischen denen ein kleiner Wohnsalon lag.

Sita ließ nun die Tür ihres Zimmers weit offen und zog sich ins Zimmer ihres Onkels zurück, dessen Tür sie abschloß. Sie schloß auch das Fenster, das auf die kleine

Veranda hinaussah. Das zweite Fenster ging auf eine andere Seite hinaus. Dort konnte jemand nur eindringen, wenn er über ein Blumenbeet kletterte.

Sita ließ sich auf dem nicht abgedeckten Bett nieder. Daß es ihr gelungen war, Blunt zu überlisten, erfüllte sie mit diebischer Freude.

Gleichzeitig aber mußte sie sich eingestehen, daß sie mit jedem Tag immer niedergeschlagener und ängstlicher wurde. Nach seiner letzten kurzen Nachricht hatte sie von dem Mann, den sie liebte, nichts mehr gehört. Es gab überhaupt keine Verbindung zu ihm.

Sie konnte sich beim besten Willen nicht vorstellen, was geschehen sein mochte. Sie war davon überzeugt gewesen, daß er nach Beendigung seiner Mission mit ihr in Verbindung treten würde. Statt dessen war nun Schweigen zwischen ihnen eingetreten.

Nach dem Gefühl der Hochstimmung, das sie erfaßt hatte, als sie wußte, daß er sie liebte, wollte die Verzweiflung sie nun übermannen, weil sie fürchtete, sie habe ihn verloren. Vielleicht war ihm etwas zugestoßen, und er war verletzt oder durch ein Mißverständnis im Gefängnis gelandet.

Auch Mr. Barnes konnte ihr nicht weiterhelfen. Erst am Vormittag hatte sie ihn gefragt: »Was ist mit dem russischen Gefangenen passiert? Sie müssen meine Neugierde entschuldigen . . . aber mich läßt die Frage nicht los, wann er vor Gericht gestellt wird.«

Sie hatte den Eindruck gehabt, daß Mr. Barnes ein verlegenes Gesicht machte. Nur äußerst widerstrebend, so als habe er das Gefühl, es sei seine Pflicht, ihr die Wahrheit zu sagen, eröffnete er ihr: »Der Mann ist tot! Er wurde bei einem Fluchtversuch erschossen.«

Sofort stellte Sita sich die Frage, ob dies wohl der Wahrheit entspräche. Viel wahrscheinlicher erschien es ihr, daß man sich des russischen Agitators auf diese Weise entledigt hatte, da ein Gerichtsverfahren an den Tag gebracht hätte, auf welche Weise man seiner habhaft geworden war.

Da er ohnehin mit der Todesstrafe zu rechnen hatte, war es praktischer, sich seiner zu entledigen, ohne daß es zu peinlichen Enthüllungen gekommen wäre, die schlimme Folgen für die, die ihn gestellt hatten, nach sich ziehen konnten.

Das alles war zwar nur eine Vermutung, doch war sie sicher, daß es mehr oder weniger der Wahrheit entsprach ... Sie wußte jedenfalls sehr wohl, daß alle Gesetze vom Nizam sehr viel strenger gehandhabt wurden als von den Briten.

Was Sita natürlich am meisten beschäftigte, war die Frage, was mit dem Mann passiert war, der den Nizam gerettet hatte und anschließend sofort in der Menge untergetaucht war.

Da der Stab des Residenten sich zu dieser Frage in Schweigen hüllte, wuchs in ihr die Überzeugung, daß es sich um ein Mitglied des »Großen Spiels« handelte, das anonym bleiben mußte.

Das brachte sie wieder zu der Frage zurück, wie sie ihren Freund finden könnte. Komm zu mir! Ich brauche dich! rief sie ihm in Gedanken immer wieder zu.

Da keine Antwort kam, hatte sie das Gefühl, ihre Welt

sei wieder so dunkel und elend, wie sie sie in Wimbledon kennengelernt hatte.

Eingesperrt im Zimmer ihres Onkels, glaubte sie nun im Salon ein Geräusch zu hören. Plötzlich drückte jemand die Klinke nieder.

Sie wußte, wer der Eindringling war, und hielt den Atem an. Bald darauf hörte man Schritte vor dem geschlossenen Fenster, dessen Vorhänge sie zugezogen hatte.

Die Schritte hielten an, und sie wußte, Wilfrid Blunt stand draußen auf der Veranda und überlegte, was er tun sollte. Dann hörte sie, wie die Schritte sich entfernten, und atmete erleichtert auf. Sie hatte ihn überlistet!

Als sie ihn nicht mehr hören konnte, schloß sie die Augen und dachte wieder an den Mann, der ihr Bewußsein so ausfüllte, daß es neben ihm nichts anderes gab.

Der folgende Morgen war der vierte Tag, seitdem sie ihn mit dem Attentäter hatte ringen gesehen, und der fünfte seit ihrer Befreiung aus der Festung und dem Ritt zur Militärstation, als sie in seinen Armen gelegen hatte.

In der Erinnerung versuchte sie sich die Wonne zu vergegenwärtigen, die sie erfaßt hatte, so daß sie sich wie im Himmel fühlte.

Und jetzt drohte die Dunkelheit der Verzweiflung sie wie eine große Woge zu überfluten.

Vielleicht ist er tot, dachte sie in dumpfer Beklommenheit.

Doch sie konnte es nicht recht glauben; Herz und Seele hätten ihr es gesagt, falls ihm etwas zugestoßen wäre.

»Vertraue mir«, hatte er gesagt.

Aber wie lange noch? Und wenn er nie wiederkam?

So als wolle er ihre Befürchtungen bestätigen, sagte ihr Onkel beim Frühstück:

»Meine Tätigkeit für den Nizam neigt sich dem Ende zu. Da ich bezweifle, daß mein Einfluß beim Vizekönig in Zukunft noch wirksam ist, können wir ebensogut die Heimreise antreten.«

Sita starrte ihn fassungslos an. »Die Heimreise . . . Onkel Harvey?«

»Ja. Soviel ich weiß, ist Lord Ripon entschlossen, die Ilbert Bill durchzusetzen. Ich vergeude hier nur meine Zeit.«

»Aber du mußt bleiben, bis der Vizekönig eintrifft, Onkel Harvey!«

»Welchen Sinn hat es, wenn ich bleibe? Er hört ja doch nicht auf mich«, gab Sir Harvey verdrossen von sich.

»Onkel Harvey, er wird auf dich hören. Schließlich bat er in Kalkutta um deinen Rat. Gewiß wird er sich erneut an dich wenden.«

Ihr Onkel preßte die Lippen zusammen. Sie hatte den Eindruck, er wollte einer Debattte mit dem Vizekönig ausweichen, weil er seinen eigenen Standpunkt für eine verlorene Sache hielt.

Ohne Rücksicht auf die Gefühle der in Indien lebenden Engländer gedachte der Vizekönig dem Gesetz zur Geltung zu verhelfen. Man würde ihren Onkel womöglich beschuldigen, ihn nicht überredet zu haben, die Gesetzesvorlage fallenzulassen.

»Ich spreche heute mit dem Residenten«, sagte er,

schon im Aufstehen begriffen. »Ich schlage vor, wir reisen übermorgen ab.«

Sita stieß einen Schrei aus, der sich anhörte wie der eines verletzten Tieres, doch ihr Onkel beachtete sie nicht weiter, verließ das Zimmer und schlug die Tür hinter sich zu.

Am liebsten hätte sie hemmungslos geweint, doch sie hatte keine Tränen mehr. Unglücklich starrte sie vor sich hin.

Sie hörte nicht, wie jemand hereinkam, so daß sie zusammenschrak, als Leutnant Carstairs plötzlich vor ihr stand.

»Miß Arran, ist Ihnen nicht wohl?«

Mit übermenschlicher Anstrengung richtete Sita sich in ihrem Stuhl auf und murmelte: »Danke, mir geht es gut. Ich habe nur ein wenig Kopfschmerzen.«

»Kein Wunder, nach allem, was Sie durchmachen mußten.«

Er trat an den Tisch, legte ein Blatt Papier vor sie hin und sagte: »Ich wollte Ihnen und Ihrem Onkel das Tagesprogramm bringen.« Mit einem Lächeln setzte er hinzu: »Leider tut sich heute nichts Aufregendes — bis auf die Dinnerparty, die allerdings kein ungewöhnliches Ereignis darstellt.«

»Ich finde alle diese Dinnerpartys sehr interessant und vergnüglich.« Dabei dacht sie daran, daß es die letzte sein würde, ehe sie nach England zurückkehrten. Traurig fragte sie: »Werden viele Gäste zugegen sein?«

»Über dreißig mindestens«, antwortete Leutnant Carstairs. »Die Party findet zu Ehren des neuen Gouverneurs von Bombay statt, der in der Armee diente. Es werden daher viele Uniformen und Orden zu sehen sein.«

Sita lächelte. »Dann werde auch ich meine Orden tragen«, sagte sie in Anspielung auf das Halsband des Nizam.

»So einen hätte ich auch gern!« meinte der junge Mann fröhlich.

»Ich wüßte nicht, wann Sie ihn tragen sollten«, zog Sita ihn auf.

»Wenn er so wertvoll wäre wie der Ihre, dann würde ich ihn unter der Uniform um den Hals tragen, damit ich sicher sein könnte, daß er mir nicht gestohlen würde.«

Sita rang sich mühsam ein Lachen ab. Als sie wieder allein war, dachte sie unglücklich, daß sie nach der Rückkehr ins Haus ihres Onkels kein Lachen mehr hören würde. Daß es ihr sehr fehlen würde, wußte sie schon jetzt.

Der Tag verstrich unendlich langsam. Erst als Sita vor dem Dinner ein Bad nahm, fiel ihr wieder ein, daß eine Party stattfinden sollte.

Von dem Gefühl erfüllt, dies sei das letzte Mal, daß sie etwas so Kunstvolles und Schönes tragen würde, zog sie das weiß-silberne Kleid an und schmückte sich mit dem kostbaren Geschenk des Nizam.

Aufrecht betrat sie am Arm ihres Onkels den Salon, wo man sich vor dem Essen immer versammelte. Alle begrüßten sie mit ausgesuchter Höflichkeit.

Natürlich fiel Sita auf, daß jedermann ihr Halsband bewunderte. Die vielen entzückten Ausrufe und Lobeshymnen konnten sie nicht darüber hinwegtäuschen, daß alle insgeheim den Wert abschätzten.

Plötzlich verstummte die Konversation. Die Tür am Ende des Salons wurde aufgerissen, und der Resident erschien.

Diesmal war er nicht allein. Neben ihm schritt ein Mann in der kurzen roten Jacke der Queen's Own Cameron Highlanders, mit blauer Weste, ebensolchen Manschetten und Kragen. Auf seiner Brust glänzten zahlreiche Orden und Auszeichnungen.

Er war rank und schlank und sah wesentlich eindrucksvoller aus als der untersetzte, rotgesichtige Mr. Cordery.

Als Sita ihn mit einem gleichgültigen Blick streifte, stockte ihr der Atem. Wie vom Donner gerührt stand sie da, reglos, unfähig einen klaren Gedanken zu fassen.

Was sie sah, war in der Tat unfaßbar. Ich muß träumen, sagte sie sich immer wieder.

Während der Resident die Reihe der Gäste abschritt und den Mann an seiner Seite vorstellte, wurde ihr klar, daß er es war, der Mann auf den sie gewartet hatte, um den sie gebetet und nach dem sie sich gesehnt hatte, bis der Schmerz sie wie eine Körperwunde quälte!

Als er näher kam, lächelnd und ständig Hände schüttelnd, stellte sie fest, wie verändert er aussah. Das lag nicht nur an seiner Kleidung, sondern auch an seinem Haar, das nicht so dunkel war, wie sie es in Erinnerung hatte. Auch seine Haut war heller. Jetzt hatte sie die sonnenverbrannte Farbe eines hellhäutigen Engländers.

Wie ist das nur möglich? fragte sie sich erstaunt.

Wie im Traum hörte sie den Residenten sagen: »Und

nun, Mylord, möchte ich Sie mit Sir Harvey Arran bekannt machen, der sich viele Jahre lang als Richter in Indien verdient gemacht und der seinen Ruhestand vorübergehend aufgegeben hat, um dem jungen Nizam bei einigen heiklen, die Provinz betreffenden Fragen beratend zur Seite zu stehen.«

»Freut mich, Sie kennenzulernen, Sir Harvey.«

Es war seine Stimme! Sita hielt den Atem an. Es war die Stimme des Mannes, der ihr seine Liebe gestanden hatte, die Stimme des Mannes, der sie gebeten hatte, sie möge ihm Vertrauen schenken.

Da ging der Resident einen Schritt weiter. »Und jetzt möchte ich Ihnen die Heldin des Tages vorstellen, deren beherztes Eingreifen den Nizam vor dem Anschlag eines Attentäters gerettet hat. Miß Arran . . . Lord Gale.«

Der Mann an der Seite des Residenten streckte ihr die Hand entgegen, und einen Moment lang glaubte Sita, sich nicht rühren zu können.

Doch dann lag ihre Hand in der seinen. Sein fester und kraftvoller Händedruck verriet ihr, daß er sie liebte und daß sie zu ihm gehörte — seit damals, als er ihr Leben rettete und damit für immer die Verantwortung für sie übernahm.

Im nachhinein konnte Sita sich nicht mehr erinnern, welchen Verlauf das Dinner genommen hatte.

Zwei verdiente Offiziere waren ihre Tischherren gewesen, die ihr Komplimente machten und ihren Schmuck bewunderten. Sie nahm an, daß sie auf ihre Fragen zuvorkommend geantwortet und mit ihnen gescherzt hatte.

Doch sie hatte keine Ahnung, ob sie während des Banketts, das sich unerträglich in die Länge zog, etwas zu sich genommen hatte.

Ihre Gedanken beschäftigten sich einzig mit dem Mann, der am Kopf der Tafel neben dem Residenten saß. Gelegentlich trafen sich ihre Blicke.

Erst als sie das Gefühl hatte, eine Ewigkeit sei vergangen, bis die Herren sich nach Tisch zu den Damen im Salon gesellten, flüsterte Lord Gale dem Residenten diskret zu:

»Dürfte ich mit Miß Arran ein paar Worte unter vier Augen sprechen? Ich soll ihr eine Botschaft des Vizekönigs überbringen und möchte dies nicht hinausschieben. Natürlich möchte ich ihr auch meinen Glückwunsch dafür aussprechen, daß sie so beherzt das Leben des Nizam rettete. Wenn ich es ihr in Gegenwart so vieler Gäste sage, könnte es ihr vielleicht unangenehm sein.«

Mr. Cordery stutzte zunächst, doch dann meinte er bereitwillig: »Aber selbstverständlich! Mein Privatsalon steht Ihnen zur Verfügung, Mylord. Einer meiner Leute wird Sie und Miß Arran hinbegleiten.«

Sita, die es mit Gelassenheit trug, daß nun die Blicke aller Anwesenden voller Neugierde auf ihr ruhten, glitt an Lord Gales Seite, und er bot ihr seinen Arm an.

Schweigend folgten sie Leutnant Carstairs, der ihnen vorausging und die Tür zum Privatsalon des Residenten öffnete.

»Wenn Sie einen Drink wünschen, Mylord, auf dem Tisch in der Ecke steht alles bereit«, bemerkte er.

»Danke«, gab Lord Gale zurück.

Die Tür schloß sich, und er stand da und betrachtete Sita, als müsse er jede Einzelheit ihrer Züge in sich aufnehmen, während sie ihn mit geöffneten Lippen und einem so strahlenden Blick ansah, daß es den Anschein hatte, als leuchteten in ihr tausend Lichter.

Als er kein Wort sagte, fragte sie: »Warum . . . warum hast du mir nichts davon gesagt?«

Die Worte waren kaum ausgesprochen, als er auf sie zulief und sie in die Arme riß. Er zögerte eine Sekunde, dann küßte er sie — wild, leidenschaftlich und fordernd, als habe er befürchtet, sie zu verlieren, und wolle sie jetzt nie wieder loslassen.

Er küßte sie, bis der Raum sich um die beiden zu drehen begann, bis Sita aus dem Gleichtgewicht zu geraten drohte, sich wie im Himmel fühlte und wieder glaubte, Sterne hätten sich auf sie herabgesenkt. Er küßte sie, bis beide außer Atem waren.

Als er endlich den Kopf hob, fragte er: »Mein Schatz, liebst du mich noch immer?«

»Ich . . . ich dachte, ich hätte dich verloren . . . oder du seist tot«, flüsterte Sita.

Der Schmerz, den sie durchlitten hatte, bewirkte, daß ihr die Stimme nicht gehorchen wollte und ihre Augen sich mit Tränen füllten.

»Ich kam so rasch, wie es mir möglich war«, antwortete er.

Wieder küßte er sie, doch diesmal zärtlich und behutsam.

»Ich liebe dich! O Gott, wie ich dich liebe!« murmelte er rauh. »Meine Teure, ich werde wieder gutmachen, was du erleiden mußtest, und ich schwöre, daß es nicht meine Schuld war.«

»Ich verstehe«, sagte Sita, »und ich dachte, daß . . . du an dem 'Großen Spiel' beteiligt sein müßtest und dich darum nicht zu erkennen geben konntest.«

»Mehr hast du nicht geglaubt?«

Noch immer hatte sie Tränen in den Augen, als sie flüsterte: »Deine Verkleidung war so echt, daß ich dich für einen Eurasier hielt und dachte, dies sei der Grund, weshalb du, nachdem du den Nizam gerettet hast, nicht mehr zu mir kamst.«

»Wir beide retteten den Nizam«, berichtigte er sie. »Und in gewisser Hinsicht bin ich froh darüber, daß ich dich so gründlich getäuscht habe. Denn es war wundervoll, daß du willens warst, mich trotz meiner scheinbar dunklen Hautfarbe zu heiraten.«

»Es spielt für mich keine Rolle, wer du bist«, erwiderte Sita leise. »Ich wäre sogar glücklicher, wenn du keine so bedeutende Persönlichkeit wärst.«

»Und warum, mein Liebstes?«

Sie barg ihr Gesicht an seiner Schulter. »Was ist . . . wenn ich dich enttäusche? Wenn ich für einen Gouverneur nicht die richtige Frau bin?«

Er lachte zärtlich. »Ich kann mir nicht denken, daß es jemanden gibt, der geeigneter wäre, die Frau des Gouverneurs und, wichtiger noch, meine Frau zu sein. Allerdings wirst du das Leben an meiner Seite vielleicht öde und trist finden nach den dramatischen Ereignissen, die seit unserer Begegnung dein Leben bestimmten.«

Errötend schmiegte Sita sich enger an ihn. Sie wußte,

daß er auch auf ihren Selbstmordversuch anspielte, den er verhindert hatte.

»Ich liebe dich!« sagte er und küßte sie zärtlich auf die Wange. »Jetzt müssen wir nur noch überlegen, wie schnell wir getraut werden können.«

Sita blickte zu ihm auf. »Onkel Harvey will übermorgen abreisen. Er ist sehr ungehalten, weil der Vizekönig nicht auf ihn hören will.«

»Ich werde deinen Onkel zum Bleiben überreden. Aber du wirst nicht bei ihm bleiben, du kommst mit mir.«

»Das klingt wundervoll . . . aber wie kann ich das?«

In Sitas Worten schwang Leidenschaft mit, die ihm nicht entging.

»Wie kannst du nur so entzückend sein . . . und wie kannst du es wagen, mein ganzes Leben so umzukrempeln, daß ich an nichts anderes denken kann als an dich?« fragte er bewegt.

»Auch ich dachte ständig an dich, als ich sehr unglücklich war.«

»Ich will dich dafür entschädigen, das verspreche ich dir. Aber du wirst gewiß verstehen, daß ich dringend zurück nach Kalkutta mußte, um, offiziell aus England kommend, mit dem üblichen Zeremoniell empfangen zu werden.«

»Du meinst . . .«

»Das ist eine lange Geschichte, mein Liebstes. So viel in Kürze: Ich verließ Indien, weil ich nach dem Tod meines Vaters seinen Titel erbte. Als ich mich der Königin vorstellte, bat sie mich, das Amt des Gouverneurs von Bombay zu übernehmen, und ich sagte zu. Anschließend mußte ich die Angelegenheiten meines Vaters ordnen, ehe ich die Rückkehr nach Indien antrat.«

»Was passierte dann?«

»Nun, du weißt sicher, daß ich auf der Reise in eine ganz andere Rolle schlüpfte. Man bat mich, die Identität des Mannes festzustellen, der für den Frieden dieses Landes eine große Bedrohung darstellte und von dem bekannt war, daß er in Alexandria oder Port Said an Bord kommen würde.«

»Deshalb bist du als Zwischendeckpassagier gereist?«

»Genau! Und auch nicht unter meinem Namen, wie du dir denken kannst. Glaub mir, es fiel mir sehr schwer, dir nicht zu sagen, daß du mich als Lenox Gale kennen und lieben sollst.«

Sita lachte wie erlöst auf. »Gibt es wirklich einen Namen, mit dem ich dich benennen kann, damit ich dich nicht nur als 'er' bezeichnen muß?«

»Nun, ich könnte mir zärtlichere Namen vorstellen!«

Seine Lippen waren den ihren ganz nahe, sie aber bat: »Erzähle deine Geschichte zu Ende.«

»Ich glaube, den Rest kennst du. Ich war so gut wie sicher, daß der Mann als Hindu verkleidet auftrat und sich unter die zahlreichen an Bord befindlichen Hindus mischte. Er war halb Russe, zur anderen Hälfte ein Gemisch aus anderen Nationalitäten. Ich verdächtigte ein halbes Dutzend anderer Männer, ehe ich schließlich den Richtigen aufspürte.«

»Und dann . . . dann hast du mich gefunden.«

»Als ich dich über Deck gehen sah, wußte ich mit untrüglichem Instinkt, was du vorhattest.«

»Und dann?«

»Nachdem ich dich von diesem schlimmen und leichtsinnigen Schritt abgehalten hatte, wußte ich, daß du die Frau bist, nach der ich mein Leben lang suchte.«

»O . . . mein Geliebter . . . war es wirklich so? Hast du dich auf der Stelle verliebt?«

»Verliebt ist nicht das richtige Wort. Mein Herz erkannte dich, und dann sagte mir mein Bewußtsein, daß ich dich nie wieder aus den Augen verlieren dürfe.«

»Ich bin froh . . . so froh, daß du mich gerettet hast.«

»Ich auch.«

Er küßte sie abermals, bis sie von neuem eine Ekstase erlebte, die ihren ganzen Körper erfaßte und sie mit Wonneschauern erfüllte.

Als er sie freigab, sagte er: »Wir dürfen uns hier nicht allzu lange aufhalten, wenn wir nicht wollen, daß sich der Klatsch unserer bemächtigt, Liebling. Ich werde alles in die Wege leiten, damit wir hier heiraten können und du mit mir nach Bombay kommen kannst. Und ich glaube, daß die Aufregung, die unsere Hochzeit mit sich bringt, sogar noch das Fest zu Ehren des Vizekönigs in den Schatten stellt.«

Sita stieß einen kleinen Protestschrei aus. »Bitte . . . könnten wir nicht im kleinsten Kreis heiraten?«

»Auch mir wäre eine kleine Feier lieber«, sagte Lord Gale, »aber wie ich dir schon sagte, verbreiten sich hier die Neuigkeiten mit Windeseile. Viele Menschen werden uns bestaunen wollen. Außerdem bin ich auf meine Braut sehr, sehr stolz.«

Er küßte sie noch einmal zärtlich und führte sie schließlich zurück in den großen Salon.

Bei ihrem Eintreten schauten ihnen alle Gäste erwartungsvoll entgegen. Lord Gale nahm Sita bei der Hand und ging auf Mr. Cordery zu.

Laut sagte er: »Sir, ich möchte Ihnen mitteilen, daß Miß Arran gewillt ist, meine Frau zu werden. Ihr Einverständnis vorausgesetzt, möchten wir hier in Hyderabad heiraten, ehe ich mein neues Amt in Bombay übernehme.«

Einen Moment lang herrschte verblüfftes Schweigen. Sogar Sir Harvey hatte es die Sprache verschlagen.

Mr. Cordery faßte sich als erster und sagte, die Hand ausstreckend: »Herzlichen Glückwunsch, Mylord! Das nenne ich eine Überraschung! Ich hatte ja keine Ahnung, daß Sie Miß Arran schon vor diesem Abend begegnet sind. Natürlich bin ich entzückt, wenn sie von unserer Residenz aus in den Ehestand tritt.«

»Danke«, ließ sich Lord Gale leise vernehmen.

Während der Resident Sita alles Gute für die Zukunft wünschte und ihr mit unerwarteter Galanterie die Hand küßte, erwachte Sir Harvey aus seiner Starre, in die er vor Überraschung verfallen war, und fragte barsch: »Was soll das alles? Wie kommt es, daß man mich nicht um meine Einwilligung fragt?«

»Ich erbitte sie jetzt«, erwiderte Lord Gale, »und ich kann mir nicht denken, Sir Harvey, daß Sie mir nicht gestatten, Ihre Nichte zu heiraten, ebensowenig wie ich mir denken kann, daß Sie meine Bitte ausschlagen, in Indien zu bleiben und mich mindestens während der nächsten drei Monate bei den zahlreichen kniffligen Problemen zu beraten, die mich in Bombay erwarten.«

Wäre Sita nicht vom Fingerspitzengefühl ihres zukünftigen Ehemannes so hingerissen gewesen, die geradezu lächerliche Miene ihres Onkels hätte gewiß ihre Heiterkeit erregt.

Als Sita ihr Spiegelbild betrachtete, schien es ihr, als ob das Glück, das aus ihren Augen strahlte, den ganzen Raum erhelle.

Es war ein langer Tag voll freudiger Erregung gewesen, und sie wußte, daß ihr die Glückseligkeit, die er ihr beschert hatte, für immer im Gedächtnis bleiben würde.

Sie waren in der Englischen Kirche getraut worden. Ungeachtet der Mißbilligung ihres Onkels, die dieser nicht laut auszusprechen gewagt hatte, war sie am Arm des Residenten zum Altar geschritten. In der Kirche hatte sich alles gedrängt, was unter den hier lebenden Engländern Rang und Namen hatte.

Der Nizam und zahlreiche muslimische Persönlichkeiten waren zu dem anschließenden Hochzeitsempfang erschienen. Zur Freude der Schaulustigen hatten Braut und Bräutigam den Weg von der Kirche zur Residenz in einer sogenannten *howdah,* einem überdachten Sitz, auf dem Rücken eines Staatselefanten zurückgelegt.

Man hatte ihnen Blumen gestreut, und der Elefant war mit Blumengirlanden beworfen worden, bis sein vergoldetes und edelsteinbesetztes Zaumzeug völlig darunter verschwunden war.

Das Kleid, das Lenox für Sita hatte anfertigen lassen,

war mit winzigen Perlen und Diamanten bestickt, so daß sie bei jeder Bewegung funkelte und glitzerte.

Der Nizam hatte ihr als Hochzeitsgeschenk ein Diamanthalsband geschickt, das noch viel schöner war als jenes, das sie bereits von ihm bekommen hatte.

Sita kam sich vor wie eine Märchenprinzessin, als sie nach der Trauung die zweiundzwanzig weißen Marmorstufen hinaufging und die Residenz betrat, deren Durbar-Saal in üppigem Blumenschmuck prangte.

Fast eine Stunde lang dauerte es, bis alle Gäste an ihnen vorüberdefiliert waren und ihre Glückwünsche mit einer Wärme und Aufrichtigkeit ausgesprochen hatten, die von Herzen kam, wie Sita spürte.

Nun wurde ihr erst bewußt, welchen Rang Lenox in Bombay als Gouverneur innehaben würde. Sie hatte in Kalkutta erlebt, mit welchem Pomp der Vizekönig auftrat, und ein Gouverneur stand ihm nicht viel nach.

Hier in Hyderabad aber war sie die Heldin, weil sie dem Nizam das Leben gerettet hatte. Zwar war es für sie eine kleine Enttäuschung, daß sie Lenox' Anteil an der Rettung verschweigen mußte, doch war sie entschlossen, ihren Ruhm zu genießen, solange er ihr zuteil wurde.

Als sie im offenen Wagen zum Bahnhof fuhren, konnten sie nicht miteinander sprechen, da der Blumenregen und die Jubelrufe dies unmöglich machten.

»Ich wollte den Leuten so vieles sagen«, meinte Sita zu ihrem Mann, als sie einander endlich wieder verstehen konnten. »Ich wollte sagen, daß du ein Held bist, nicht nur, weil du dem Nizam das Leben gerettet hast, sondern wegen deiner gefährlichen Tätigkeit für das 'Große

Spiel'.« Sie sah ihn aufmerksam an, wohl wissend, daß sie davon eigentlich nicht sprechen durfte.

Sein Ton war ausdruckslos, als er zurückgab: »Ich weiß gar nicht, wovon du redest.«

Sita lachte. »Wenn du Geheimnissse vor mir hast, werde ich vielleicht bereuen, dich geheiratet zu haben.«

»Heute abend werde ich dich dazu bringen, daß du diese Äußerung zurücknimmst. Vielleicht werde ich dich behandeln, wie dein Onkel es getan hat!«

Sie wußte, daß er sie nur necken wollte. Lächelnd faßte sie nach seiner Hand und flüsterte: »Ich habe keine Angst mehr . . . es sei denn, du sagst mir, daß du mich nicht mehr liebst.«

»Das ist völlig ausgeschlossen!«

Auf dem Bahnhof angekommen, sahen sie, daß der Salonwagen, den der Nizam ihnen für ihre Reise in die Flitterwochen zur Verfügung gestellt hatte, reich mit Blumen geschmückt war.

Kaum fuhr der Zug ab, als Sita in den Armen ihres Mannes schon dahinschmolz. Er küßte sie so lange, bis auf der ganzen Welt nur mehr ihre Liebe und ihr Glück existierten.

Die lange Fahrt schien wie im Flug zu vergehen.

An der ersten Station servierten ihnen Diener eine köstliche Mahlzeit, und als es weiterging, sprach das junge Paar ausschließlich von sich und entdeckte, daß es so viel zu erzählen gab, so viel zu erfahren.

Am Abend erreichten sie den wunderschönen kleinen Palast des Nizam am Ufer eines silbernen Sees, in dem sie die nächsten Wochen verbringen würden, bevor es nach Bombay ging.

Erst nach dem Dinner, als sie wieder von der Vergangenheit sprachen und auch davon, was die Zukunft hoffentlich bringen würde, empfand Sita eine gewisse Befangenheit.

Sie liebte Lenox mit jedem Atemzug, mit jedem Wort, und doch beunruhigte es sie, wie unerfahren sie in der Liebe war.

Während sie sich nun auf das Bett legte, betrat er ihr Schlafzimmer.

Er stellte seine Kerze neben jene, die auf ihrem Nachtisch brannte. Dann schaute er auf Sita herunter, die in den Kissen lag.

Ein wenig beklommen blickte sie zu ihm auf, von der Frage bewegt, was er wohl denken mochte.

Da sagte er mit seiner tiefen Stimme: »Weißt du, wie schön du bist?«

»Ist es denn wirklich wahr . . . daß ich deine Frau bin?«

»Du bist mein! Mein — jetzt und für immer!«

Er legte sich zu ihr ins Bett und zog sie an sich, so daß ihr Kopf an seiner Schulter zu liegen kam. Als er spürte, wie sie zitterte, strich er sanft über ihr Haar. Nie hatte er eine Frau erlebt, die ihn mehr erregt hatte.

»Manchmal . . . wenn ich mein Leben aufs Spiel setzte und schon sicher war, daß es mir nicht gelingen würde, der Entdeckung zu entgehen, hatte ich Angst, ich würde dich verlieren«, murmelte er rauh.

»Ach, mein Schatz, wie gut, daß ich davon nichts wußte!« rief Sita aus. »Dennoch ahnte ich, daß du dich in Gefahr begabst, und stand große Angst um dich aus.«

»Jetzt ist alles vorüber.«

»Du hast mir längst nicht alles erzählt, was geschehen ist.«

»Was immer ich getan habe, du weißt, daß ich darüber nicht sprechen kann. Dieser Teil meines Lebens ist ein abgeschlossenes Kapitel.«

»Und jetzt beginnt ein neues«, strahlte Sita.

»Ein ganz wundervolles neues Kapitel.« Sanft drückte er ihren Kopf in die Kissen und schaute auf sie hinunter. »Als erstes werde ich tausendundeine Nacht damit zubringen, dich die Liebe zu lehren, mein Engel«, sagte er.

»Das ist es, was ich möchte«, flüsterte Sita. »Ich liebe dich, und . . . und alles, was du tust, wird vollkommen sein wie die Sterne, die du mir beim ersten Kuß vom Himmel holtest.«

»Ich möchte dich nicht ängstigen oder schockieren«, sagte er verhalten.

»Das wird nie der Fall sein. Für mich bist du nicht nur der wundervollste Mann der Welt . . . sondern zugleich Krischna . . . der Liebesgott . . . und wie die Inderinnen ihn verehren . . . so verehre ich dich . . .«

Lenox stöhnte leise auf, so tief hatten Sitas Worte ihn berührt.

»Ist dir wohl klar«, fuhr sie fort, »daß ich sehr unwissend bin und dich vielleicht langweilen werde?«

»Glaubst du denn, ich möchte, daß du etwas anderes kennst, als das, was ich dich lehre?« fragte er. »Ich bringe jeden um, der dich auch nur berührt!«

Seine Worte bewirkten, daß Wonneschauer sie wie Mondstrahlen durchliefen. Er ist so, wie ein Mann sein soll, dachte sie: Er verfügt über Kraft und Autorität und ist dabei zärtlich und verständnisvoll.

»Liebe mich«, bat sie, »und zeige mir, wie du geliebt werden möchtest.«

Seine Lippen nahmen ihren Mund gefangen, und er küßte sie, bis sie das Feuer auf seinen Lippen wie eine Flamme in ihrem Inneren spürte. Dann schob er ihr das Nachtgewand von den Schultern und küßte ihren Hals und ihre Brüste.

Und endlich entführte er sie in nie geahnte Himmelshöhen, und Sita wußte, daß sie jene Liebe erlebten, die die Götter Indiens ihren Gläubigen schenken — eine Liebe, die Sünde und Leid überwindet und jene, die sie empfinden dürfen, aus dem Dunkel ins Licht führt.

Bitte beachten Sie
die folgenden Seiten

Barbara Cartland

Falsches Spiel
Roman 62412
*
Liebe im Wüstensand
Roman 62625
*
Die Göttin der Liebe
Roman 62645
*
Flucht ins Glück
Roman 62653
*
Lady Bartons Rache
Roman 62664
*
Die Liebe ist ein Juwel
Roman 62693
*
Jagd nach dem Glück
Roman 62689
*
Atemlos aus lauter Liebe
Roman 62681
*
Trügerisches Paradies
Roman 62665
*
Die Stimme der Liebe
Roman 62696
*
Im Banne der Liebe
Roman 62683
*
Ich liebe Sie, Mylord
Roman 62328

Barbara Cartland, 1991 Foto: Ullstein Camera Press Ltd.

»Königin der Romantik«

Barbara Cartland ist die nach Agatha Christie am häufigsten übersetzte Autorin der Welt. Übertroffen wird sie nur von der Bibel und von Lenin. 370 ihrer Bücher sind in einer Auflage von mehr als 400 Millionen Exemplaren weltweit verbreitet.